かおり風景②

1998
↓
2006

淡交社

かおり風景②　一九九八年～二〇〇六年

香老舗 松栄堂監修　「香・大賞」実行委員会編

かおり風景② もくじ

第19回［香・大賞］入賞作品　二〇〇三年

第20回［香・大賞］入賞作品　二〇〇四年

「香・大賞」三十年を顧みて

中田　浩二
ジャーナリスト
「香・大賞」審査委員

「香《かおり》・大賞」の選考にかかわってきての三十年間は長いようで、また足早に過ぎ去った歳月のように思われます。主催の松栄堂さんはじめ関係者の皆さん、この賞に関心を寄せて応募してくださった方々がいたからこそ続けてこられました。三十年にわたり、八万点を超える全作品を読むことによって、私自身も貴重な人生勉強をする機会にも恵まれました。

縁あって、当時読売新聞文化部記者をしていた私と、作家の故藤本義一さんが選考に当たることになりました。「香り」のエッセイコンテストというジャンルが見当たらなかった当初、作品が集まるかが不安でした。しかし、賞の発表と同時に全国から三千点近くの作品が寄せられ、反響の大きさに驚きました。

多数の作品を前に、選考の基準をどのように定めるか、私も藤本さんも皆目見当がつきませんでした。人生経験も思考も感性も異なる人々の書いたものを評価する基準など、もともと無いのも同然だからです。

しかし、「香り感覚」というものは「源氏物語」をはじめ、日本文化の底流となって脈々と豊かに流れてきたものです。西欧文化との比較では「香りへの感性」がその判断基準になることもあり、難しい選考となりそうでした。

まず「心に残る作品」を一つの手がかりに選考が進められました。ところが、第二回の大賞作品《水仙の花》で、選考基準とレベルがほぼ定まりました。水盤に活けられたひそやかな水仙の姿に、中国激動期の愛国者の悲劇、そして中国現代史のうねりと痛みが、近・中・遠景としてみごとに表現された作品でした。


「香り」の特性の一つは、時空を超えて追憶の糸を手繰りながら縦横無尽に行き来することが出来ることです。花の姿とその芳香から、重層化された心象風景がいくらでも紡ぎ出せます。「香り感覚」はあくまでも入り口なのです。全国各地方から、海外からも、日本に留学している外国人の方々、また学校ぐるみ、家族共々といった応募が多々ありました。年齢も小学生から九十歳を超える高齢者と幅広く、多数を占めた女性の応募者に対し、最近では定年退職して第二の人生を歩み始めた男性たちが、香りを介して自分史を省みる作品も増えています。

当初は鉛筆などの手書きで原稿用紙のマス目を埋めた作品が多く見かけられましたが、今ではパソコンによる印字が多数です。読みやすくなった半面、作品から伝わる温かみのようなものが失われつつあるのも確かです。

香りの世界は無限です。生老病死のさまざまな様相が素材になっています。個々人の「心象風景」が「香り風景」だからです。時代の波、世相の変化も鏡のように作品に反映されています。阪神・淡路大震災、東日本大震災も経てきました。歳月の壺の底に沈んだ悲しみが、作品となって結実し、芳香を放つ作品も現れました。

年を追うごとに広がる発想、感性のひらめき、自由な表現力、映像文化とは異次元のイメージの広がりなど、この賞は限りない可能性を秘めています。この賞から巣立ち「物書き」の夢を実現させた人もいます。

いまやこの「香・大賞」は大きく根づいた「香り大樹」になりました。広く根を張り、八万余の果実をつけた大樹です。年を重ねるごとに、新鮮で充実した香りの果実を生み出していくよう願っております。

文体の中に自分がいる

藤本 義一
作家
「香・大賞」審査委員長

文体、スタイル。これを先ず考えてみよう。スタイルというと、どうも日本人は姿勢とか服装を思い浮かべてしまう。これは間違っていない。その文章のもつ姿勢であり、また服装であろう。

文語体、口語体、敬体、常体等がある。が、これは文体のジャンル分けであり、チョン髷、オール・バック、茶髪といった髪かたちの分類と同じことである。

もっと絞り込んでいえば、文体とは——その人だけがもつ文章の特徴である。

地球上の一人一人の顔が違うように、一人一人の立ち姿も歩く姿も座る姿も違うし、服装も異なる。ということは五十八億人の異なった文体があるというわけだ。

だが、人間は美しい姿勢、自分に似合う清潔な服装、優雅な服装、あるいは、軽やかな服装と言うのを夢見て街に出かけたり、映画を観たり、ファッション雑誌を展《ひろ》げたりした挙句、ぴったりフィットするセーターとか既製服を購入する。オーダーという場合もある。

外見も装うために、これだけの過程と努力をするのだから、文章を書こうとする時にも、自分の好きな作家の文章に近付けばいい。先ず読む。一回目はストーリーが掴める。二回目はテーマがわかる。三回目は構成（コンストラクション）がわかる。四回目に作家の文章の特徴がわかってくる。短編ひとつでいい。熟読することで、その作家だけがもつ文体が掴めてくる。文脈という文章の筋道から文体を掴み出す楽しさ（いや、苦しさかもしれない）を得たなら、一歩進んだといってもいい。一人の作家にある時期は執着した方がいい。あちこち読んでいると読者としては楽しいが、文章を書こうとする人は、この乱読は極めて危険である。迷路に入り込んでしまい、文章を書こうという脱出口を見失ってしまい、ああ、私には才能がないと簡単に諦めてしまう。そして、文章を書く人は文才のある人だと思い込んでしまう。本来自分が持っていた〝文体〟という衣装まで捨ててしまうことになりかねない。

次は、短編を一度書き写してみれば、その作家の文体がもっと身近なものになる。私はドラマから入ったから、構成をアメリカの劇作家ユージン・オニールから学び、科白《せりふ》は翻訳されたレジナルド・ローズ（アメリカの劇作家）から学んだ。そして文脈という劇の流れを岸田国士氏の各著作から学びとり、岸田流とオニール流の混合した中から、自分に最も近い文体を学び、そのドラマ時代を約十年間送った後に、小説に手を染め、その十年後に井原西鶴の作品を現代語訳するという段階を経て、次第に文体が定まっていったといえる。岸田作品の戯曲の頁をめくらずに、次の頁の部分を想像しながら、原稿用紙に書き、三枚ぐらい書いた後で〝真物〟と照合した。勿論、大作家には及ばないが、この時に自分の文章の拙けなさをいやと言うほど知ると同時に、自分の文体がまたなんとなく掴めたものである。独自の方法で独学しながら文体を作り出すところに、文章を書く妙味があると知ってもらいたい。

第11回『かおり風景』（一九九六年発行）掲載

サヨナラの香りは
次なる新人類へのメッセージ

「映画の世紀」といわれた二十世紀も終焉を迎えつつある一九九八年に、日本映画界の巨匠 黒澤明監督と、映画の素晴らしさをお茶の間に伝えた映画評論家で、独特の「サヨナラ」の挨拶でおなじみの淀川長治さんが没しました。

若い時分、脚本家として映画界に身を置いた藤本義一審査委員長は、この回の作品集『かおり風景』に、学生時代に映画館のスクリーンで見た、銀幕の中の外国人女優に特別な感情を抱いたときの、自分の身に起こった香りの変化について綴っています。

二十世紀の映画が人に与えた影響力の大きささえ感じました。

時代の転換期には、異端とも見える新しい価値観をもった人が求められると、畑正高実行委員長は、時代が鎌倉から室町に変わる十四世紀に現れた「婆娑羅《ばさら》」と呼ばれた人々を例に論じています。彼らは「中世日本の新人類」であった、と。そして、二十一世紀の「真新人類」を待望して「次なる時代に対する責任をその創造的なシナリオ作りの中に織り込む」気概の必要を説く。「サヨナラ」にはいつも次世代への期待が香ります。

1998

第14回［香・大賞］入賞作品

一九九八年募集・一九九九年発表

バナナ

岩倉 由美子
23歳 会社員 兵庫県

「どうぞ」。

十一月の終わり、季節が逆戻りしたみたいに暖かい土曜日だった。新快速電車で、本を読みながらうつらうつらしていると、突然目の前に鮮やかな黄色が浮かんだ。

私の向かいに座っていた老人が、にっこり笑いながら買い物袋のバナナを、私に一本差し出してきたのだ。私があっけにとられていると、連れらしい中年の女性が、老人の腕をひっぱって制した。

「おじいちゃん、やめなさいってば」。

老人は痴呆症らしかった。

「どうぞ」。

彼はその女性の声など耳に入らぬかのように、笑みを崩さずもう一度言った。異様な光景に他の乗客もこちらを見ている。私は不意の出来事に、どうしてよいかわからず、顔を赤らめてうつむいてしまった。

「ほら、お腹がすいているでしょう、私も食べますから」。

そう言うと彼は袋からもう一本バナナを取り出し、むしゃむしゃと食べ始めた。そうしてもう片方の手のバナナはあいかわらず私に向けられている。隣の女性は彼を止めることができず、はらはらしながら見守っている。老人の娘さんだろうか。

だんだん、私はなんだか愉快な気分になってきた。何がどうというわけではないが、老人が豪快にバナナを食べる姿と、その明るすぎる黄色をうつむきながらもそろりと見ているうちに、お腹の底から心地よい感情が湧き上がってきた。私は顔を上げた。

「いただきます」。

声が大きかったかもしれない。さらに多くの乗客がこちらを見ていた。私は老人の手からバナナを受け取ると、同じようにむしゃむしゃと食べ始めた。

今度は隣の女性がわたしに驚いていたが、彼女は急に声を立てて笑い出した。老人も笑っている。今日はいい日に違いない、と私は思った。バナナがこんなにおいしいんだもの。

張り込み

武藤 義昭
63歳 無職 福岡県

窓口支払い資金の横領容疑で局員Aを当該郵便局会議室で任意取り調べた。午前九時から開始して、途中一時間の昼食を採らせ、午後二時になったが、自供しなかった。私は調べ担当の郵政監察官を部屋の片隅に呼び
「否認調書をとることにする」

と言った。局長から被害届は既にでていた。傍証は捜査報告書で固めている。自供調書がなくても、裁判官から逮捕令状の交付を受けることには自信があった。そのことを上司に電話報告をして部屋に戻ると、調べ官と立会筆記監察官が困った顔をして言った。

「主任官、Aが体調が悪くなったそうです。毎日昼休みに近くの医院に行くそうです」。

「そんなら、そこへ連れて行け。留置に耐えられるか聞いておくんだ」。

一時間後電話で、Aが医院から出た時、通りかかったタクシーに飛び乗って逃げた、と連絡が入った。私は容疑者逃亡の経緯を捜査報告書として書き、逮捕状請求書と捜索差押令状請求書を作成して、

当番裁判官の官舎に走った。裁判官は
「珍しい報告書ですね」

と言って令状を交付してくれた。

その夜は、Aの自宅付近で張り込んだ。車の中で徹夜であった。翌朝、捜索差押令状を家人に示して家宅捜索をした。Aの短大生の娘は事情を知るとその場に卒倒した。

その日から、二名ずつの監察官が交替で外張りをした。遠くから双眼鏡で見張っていたが、深夜になっても近くを車が通る度に、娘が窓を僅かに開けて、父の帰りを待っているのが見えた。

私は車から降りて、家の中の様子を窺ったが物音はせず、どこからか沈丁花の香が闇のなかを漂ってきた。三日後、Aは逃走先から電話をかけ、娘の説得で出頭してきた。

告白

石川 真帆
17歳 学生 愛知県

クッキーの香りで思い出すのは、卒業を間近に控えた小学校六年生の春先の出来事だ。

その頃、どのクラスの女子の間でも、好きな男子に告白することが流行っていた。結果は二の次、皆ゲームのつもりで楽しんでいたのだ。私の友達の中でも二、三人が、だれそれ君に告白したと嬉しそうに騒いでいた。

「まほちゃんは、好きな子おらんの?」

仲良しグループの一人が、私に尋ねた。本当は、そんな感情はまだ誰に対しても抱いたことがなかったのだけれど、その時の私には、それが恥ずかしいことのように思えたのだ。

「おるよ。二組の、E君」

そう答えてしまった。そして私は、盛り上がった級友達により、好きでもないE君に告白することになってしまったのだった。

その週末、女子四人が私の家に集合し、クッキーを焼いた。それが何のためのクッキーであるかは、母に告げずに。クッキーの焼ける甘い香りを感じながら、級友達の指導の下、ラブレターを書いた。

ラブレターを書くのも、クッキーを焼くのも、その時が初めてだった。

焼きあがったクッキーを手に、皆で近所の公園に出掛けた。そこには私の意中の相手（ということになっている）E君がぽつんと立っていた。親切な級友達のお膳立てである。彼女らは満足げに微笑んでいた。ためらう私をE君の前に引っ張り出し、皆は何処《どこか》へ消えてしまった。しばらくはどぎまぎして何も言えなかった。E君も俯き押し黙っている。小声で食べて、と言い、私はクッキーと手紙をE君に押しつけた。それがやっとだった。E君はその場で包みを開け、クッキーを頬ばった。そして突然、私の鼻の頭にキスをしたのだ。

背後でわぁっと歓声があがり、級友達が駆けよって来た。E君は真っ赤になって走り去り、私は真っ赤になってただ呆然と立ちつくしていた。あの時、私たち皆のまわりを包みこんでいたのは、甘く幸福なクッキーの香りだった。

ナポリを食って死ね

土居正
69歳　無職　福岡県

それは〝太陽の香り〟であった。

イタリア、ナポリ。市街を一眺できる丘の上で、妻と二人でむしゃぶりついたトマト。

その名は〝サンマルツアーノ〟真っ赤に熟れて、口いっぱいに広がる甘さと酸味。

太陽を食べている。イタリアを食べている。

昨年夏。妻と二人のイタリア旅行。旅の最終目的地はナポリ。

むかしから“Vedi《ヴェーディ》 Napoli《ナーポリ》, e《エ》 poi《ポイ》 muori《ムオーリ》.”（ナポリを見て死ね）といわれている。

だが、この街は、大変なところだった。猥雑。喧噪。道を横切るのも命がけだ。

私達は、そんな街なかを離れ、小高い丘を目ざした。急坂の石畳をのぼりつめると、一瞬、視界がひらけた。

まさに〝ナポリを見て死ね〟である。

その展望台の横に、屋台の果物屋が店を開いていた。陽気なイタリアのおじさんが、大声で客を呼ぶ。近寄ると、真っ赤なイタリアトマトが、キラキラ輝いている。

「トマトください」

いくらだったか、信じられないほどの安さ。十個ほどを紙袋につめてもらった。その紙袋のお粗末さ。再生紙の再生紙といったうすさである。

胸にかかえて、妻とトマトにかじりついたとたんであった。紙袋が見事に破れて、トマトが散乱した。

道に落ちたトマトは、急坂を、ゴロゴロ、ゴロゴロ転がり落ちていく。あわてた私達は必死で追いかけた。

と、その時だった。あの屋台のおじさんがものすごいスピードで飛び出してきた。

逃げるトマトを、パッパッパッパ！と拾い集めた。まさに〝飛燕《ひえん》の早業《はやわざ》〟であった。

無事にもどったトマトを新しい袋に入れかえて、ニッコリと笑った。

あの屋台のおじさんの人なつこい笑顔と、トマトの香りが、いまも忘れられない。

冬の気配

芝本 春美
57歳 主婦 神奈川県

朝から久しぶりの快晴に、私はベランダへ家族の布団を干す。そしてちょっと見直し、少し木陰になっている夫の布団を陽当りの良い私の布団の位置と替えた。

この清々しい秋の陽が、少しでも夫の心の中へ射し込んでくれたらとふと思う。

外資系の管理部長をしている五十八歳の夫が、あと半年で会社を辞めることになったと言ったのは先月だった。定年までもう少し、でもこの不況の時代に今まで働けたのである。僅かな蓄えだが、細々となら生活が出来る。

「心配ないわよ」

私は明るく言った。しかし、夫はあの時から妙に口数が少なくなった。

昨日の夕食の時、私はその雰囲気に耐えられなかったのだ。

「貴方らしくないわよ」

私の言葉に、夫は少し間をおいてから話しはじめた。親会社から社員50名のうち12名の人員削減の指示があり、その人選や面接をしているのだと。

「俺はいいが、ローンや子供の教育費が必要な若い者と話していると気の毒でね。どうしても彼らの顔を正視出来ないんだ」

夫は言うと、好きなビールを半分残したまま寝室へ行ってしまったのである。

ベランダに当る陽射しは暖かいが、小枝を揺らす微風の中に冬の気配が混じっている。

夫は夜の十時近くに帰ってくると、スーツを重い鎧を剝ぐ様な仕種で脱いだ。

〝解雇は貴方の責任ではないのですから〟

〝誰かがしなければならない事ですから〟

夫が寝室へ行った後、言えなかった言葉を思い出していると寝室からの内線電話である。

「布団からお天道様の匂いがするな。気持ちいいよ」

夫は笑いながら電話を切った。

数十年ぶりに聴いた様な気がする夫の笑い声に、私は一瞬戸惑ったが、そこで初めて知ったのだ。その異様な明るさの裏にある、夫の心に重く沈んでいる責任と悩みの大きさを。

私は切れた受話器に向って呟いた。

「貴方……がんばってね」

やさしさの匂い

福岡 信之
31歳 会社員 広島県

一九九七年三月、私は失業した。

「まあ、なんとかなるだろう」

と、楽観的に考えていたのは四月迄だった。どんどん減っていく貯金通帳と、日に日に大きくなる二歳の息子を見ていると、不安な気持ちが大きく膨らんでいった。

景気が悪いとか、政治が悪いとか愚痴っていられたのは、五月迄だった。その頃から、全てのモノに対して悲観的に感じ、外へ出ることが億劫になり、求人情報誌を睨み続ける二十四時間であった。

六月、自分のやりたい仕事が見つかるまでは、何とか耐えてみようと心の奥底で思っていたのだが、現実的な問題である預金残高の底が見え始めた。

つらいのは、息子をデパートに連れていくときだった。オモチャ屋さんに一目散に走り、大好きなミニカーを眺めている息子を見ていると、たまらなく切なかった。

妻は、日常での些細なことには、以前と変わらず口うるさかったのだが、失業のこととお金のことだけは何一つとして文句を言わなかった。

「もう、どんな仕事でもいいから、片っ端から受けてみる」と言った私に向かって
「やりたい仕事が見つかるまで、私が働くよ」と、妻が笑顔で答えた。

たった一日で妻が見つけてきた仕事は、ガソリンスタンドの店員だった。

次の日から、息子を託児所に預け、妻が働き始めた。妻と息子を見送る朝は、どうしようもなく情けなかった。

仕事から帰ってきた妻の白くて細い手は、オイルとガソリンで真っ黒になっていた。

「洗ってもね、落ちないのよ」

と、笑顔で言った妻の全身から、汗とオイルとガソリンの匂いがした。

「事実は小説よりも奇なり」である。七月二十三日、私たち夫婦の三回目の結婚記念日に、採用決定の電話連絡があった。

真っ黒になって家に帰ってきた妻にそれを伝えると、今まで貯め込んでいたモノを全部吐き出すかのように、泣き崩れた。私も涙が溢れてきた。事情がわからない息子も驚いて泣いた。

「……信頼してたから……。絶対、大丈夫だと思ってたから……」

と、泣きじゃくる妻を抱きしめた。やはり、汗とオイルとガソリンの匂いがした。妻の「やさしさ」の匂いだった。

八月、入社式の後、百貨店で高級そうな香水と、息子のためにミニカーを買った。それをお土産に、我が家へと急いだ。

四季

吉田 美鈴
46歳　主婦　京都府

もう二十年も前のことである。私はバンコクに住んで一年が経とうとしていた。車洪水の市内には赤や朱色のブーゲンビリアが、到る処でこともなげに美しい姿を晒していた。例えば橋の袂や、溝の空地、埃にまみれた道路脇などに。来る日も来る日もこの花は咲き続けた。果物屋の屋台には、西瓜やパイナップルが三ヶ月先でも今日のように確実にある。毎日、暑さは続く。

こんな中で私の感覚は次第にぼやけたものになっていった。友人と食事をした日、映画を観た日、旅行をした日など、日常と少し違う「記憶に残る出来事」の、その時がいつ頃だったのかが容易に手繰り寄せられない。記憶の中にそれらがプカプカと無秩序に泳いでいる。まるで「時」の真空に辷《すべ》り込んだ感じであり、もどかしさが纏い付く。

正月が明けて日本の友から手紙が届いた。私の便りを――コタツに入り蜜柑を食べながら楽しく読んだ――と書いて結ばれていた。

私はこの最後の一行に目が縛りつけられた。コタツのぬくぬくとした布団のイメージが、明確に冬を主張していた。籠に盛られた黄色い蜜柑は、干支を描いた年賀状やおせち料理と共に、紛うことなき一月を演出していた。

　蜜柑の皮に爪を入れ一気に剝き下ろすと、ほとばしり出た蜜柑の芳香が締め切った部屋に充溢する。そう考えただけで、舌の奥から痛いように唾が出た。連想は正月から、青い蜜柑へと広がった。それは小学生の頃、運動会につきものだった。この酸っぱすぎる蜜柑が秋の使者だった。私は幻の蜜柑の匂いを部屋中に嗅いで、連想を次から次から鎖のように繫げていった。四季の風物という記憶の足場を得たことで。何度も生唾を飲んだのは、蜜柑の青い香のせいばかりでなく、沸き上がる郷愁の想いに慌てたのかもしれなかった。

お父ちゃんのにおいや

名嘉山 レイ
38歳　主婦　大阪府

母の後を追うように、父が逝ったのは二年前の二月十四日未明。視界一〇〇メートルの深い霧が立ち込めていました。父の死後、日曜大工道具を収めたスチール製戸棚の中から、十数冊のノートが見つかりました。どの表紙にも〝覚え書き帳〟と記されていました。

・ヘネシーはお酒です。
・外の木の事を外のじゅと言います。
・ハイジャークとは乗っ取りの事です。
・単線の事をモノデールといいます。
・円高とは、今まで三〇〇円で買わねばならなかった品物を、二〇〇円で買えるようになった。これを円高といいます。

こんなふうに、誤字の目立つデスマス調の稚拙な文体が延々続くのです。正確には、外のじゅは街路樹、ハイジャークはハイジャック、モノデールはモノレールの誤りです。スケールは小さくても、人知れず燃やし続けた父の向学心に驚きました。時に心ない親類から軽んじられた自身の常識の無さを、父はこんな形でフォローしていたのでした。

私達子供は、知識、教養豊かな母から生きて行く知恵を教わりました。そして旧制中学中退の父からは、その生き方、死に方を通じて生きる謙虚さを教えられました。病院に入院しても、父は自分の下着を自分で洗いました。足が痛くても、手を貸してほしいとは言いませんでした。嫌いな食べ物でもおいしいと言ってくれました。

実家に帰り父の愛した日曜大工用品の中に身を置く時、私より先に姉がこう言います。

「ああ、お父ちゃんのにおいや」と。

小学校教諭。塾長。ＰＴＡ副会長。府会議員後援会婦人部長。それらが母の肩書きでした。そんな華やぎの中にいた母の実践的処世訓より、父の残り香が今なお私達にある事を教えます。

生きる事は、金力権力を満足させる足し算ではなく、余計な物を捨てていく引き算だよと。

再就職

庄内 美代子

夫の会社が倒産し、私は家計を助ける為に按摩の仕事をしている。応募者八人のなかからたった一人採用になった。再講習中初めは両腕が腫れ上がり、十本の指は触《さわ》っても痛い。二十年の歳月《ブランク》は自信を失わせた。が、四十八歳の学歴も何の資格もない私に十八万円の固定給をくれる職場はない。十八万円あれば親子三人食べて行ける。一か月の講習が終り実技試験の日、手首から先はグローブをはめたように感覚がない。しかし、この試験に合格しなければ、死に物狂いの一か月は水の泡。

私は必死だった。毎晩夫に両腕を揉んでもらい、冷してもらって試験に臨《のぞ》んだ。一時間の揉み時間は絞るような汗だ。私は試験台になって下さる方に、少しでも不愉快な印象を与えないよう、プロポーズの時、夫に貰った香水シャネルの5番をそっと脇の下に付けて行った。結婚式の日につけたきりで、子育て中は一度もつけてない、幸せだった日の懐かしい香りが泣きそうな私を勇気づけた。

「庄内と申します。按摩の仕事は長い間休んでましたので、再講習をして頂きまして今は腕が痛んでいます。でもしっかり頑張りますので宜しくお願いします」と、最敬礼した。

私は十本の指が折れても合格しなければならなかった。試験台になって下さるその人は中年で恰幅の良い社長タイプ。

私は生き仏に縋《すが》るような気持ちで、先生の叱咤激励を思い出しながら一生懸命揉んだ。

「如何でしょうか?」

「うん、ちょっと力は弱いがきっちりとツボに入ってるよ。ま、そんなに堅くならないで気楽にな。時に、君、良い匂いがするね。シャネルの5番だろ」

「はい、そうです。ご存じでしたの」

「ん、僕もそれが好きでね、家内もシャネルなんだ。家庭の事情いろいろ聞いたけど頑張れよ。有り難う。少ないがこれシャネル代だ」

私は深く深く頭を下げて絶句した。

（65歳　リハビリ助手　兵庫県）

きんかんの行方

鈴木 輝枝

「消えたのです。どこかへ行ってしまったのです。きんかんの実が」。

慌ただしく女生徒が職員室に駆け込んできた。教室へ行ってみると、此処にもきんかん旋風が吹いていた。今週のはじめ、実のついたきんかんの木を大きな花生けに無造作に挿しておいたところ、生徒達が面白がり、香りを楽しんでいた。二、三日すると、きんかんはアイドル的存在となり室にも馴染んできた。そのきんかんが教室を移動した一時間足らずの間にひとつ残らずもぎとられてしまったのである。床に転がっているのさえ無かった。

「素朴な香りが好き」「小さな丸みが面白い」「淡いオレンジ色を見ていると落ち着く」「きんかんブーを憶い出す」等々興を持っていた面々はがっかりした。そのうち、「誰が」と人の詮索にまで及びかけたが、首を振った私を見て彼女らは黙した。

翌日、あの花瓶に真紅のばらが活けられていた。室には華やぎと甘酸っぱい香りが漂っていた。騒動がうそのように彼女らは一言もきんかんの名を口にしなかった。そのやさしさが嬉しかった。私は知っていたのである。きんかんの行方を。きんかんはKのポケットに入ったのである。

暴力行為を繰り返し友だちもできないKを探していた私は誰もいない教室でのKの奇行を見たのである。非を叱り、移動教室へと促すべき私は、いつもと異なる彼の横顔を見て入るのをためらった。幼さの残る少年の穏やかさがあった。きんかんの実をひとつずつ取り、鼻に押し当ててからポケットに入れた。香りを楽しんでいるような仕草に瞬時茫然とした私は、気づかれぬように足を忍ばせて戻った。感傷的になった私は、何故か祖母を思い出した。風邪をひくと、きんかんを煎じてくれた。竹串できんかんに穴をあけ、氷砂糖を入れて煎じた。薬缶が音を立て香りは台所に留まらず居間にまで匂った。暖かい雰囲気に包まれたものである。そう言えばKも祖母育ちであった。

（66歳　主婦　愛知県）

柊《ひいらぎ》の花ふたたび

田口 兵

多くを語らなくとも傍にいてもらえるだけで、心がなごむ友人が一人はいるものだ。京都にいる私の友人がそうだ。何の前触れもなく、ひょっこり現れて、気の済むまで逗留し、気儘に過していく。

一人住いの私には、彼が訪れてくれることは、なにに増して楽しい。酒を酌むわけでもなし、旨いものを食いに連れていくわけでもない。わりと無口な二人は、晩秋の夜長を語りあうわけでもない。

そんな二人の一番の楽しみは、一緒に庭いじりをすることだ。「あ、」とか「うーん」とか、「そうかー」とか、淡々と語る言葉の中に、彼の人間的なやさしさと真実が溢れている。言葉だけでなく、ひょうひょうと歩き廻る姿にも、それがうかがえる。

枯葉舞う庭は荒れたままになっているというのに友は来ない。逝ってしまったからである。もし私の方が先に死んだとしたら「そうか、逝ってしまったか」と、片言を呟きながら庭の土を掘り返し続けていることだろう。

肌寒の空は青く深く抜けて、見上げる私の体を吸い上げるかのようだ。もう私も年だし彼と今一度話ができるなら、甘んじて空を渡りたい。

「来年はもう来れんだろう」何故と問わずとも、老いた姿が答えていた。時にはやさしく、時には切なく香る柊の花のように、時の流れを敏感に体の内側で感じとっている彼の感性。何も言わず柊の木を指差す私を見上げて、「うん」と領いたまま後の言葉はなかった。

もう一言、二言、友人と私の言葉を結晶しておきたかったと、今になって悔んでいる。

「彼一語　我一語　秋深みかも」

高浜虚子の句を心に痛く受けとめて、今もなお、柊の花のかおりの中に友をしのび、黙々と土を掘る指先に、はらはらと真黄色に色づいたざくろの葉が舞い下りて来た。

（68歳　会社役員　千葉県）

親友と野菊

佐々木定男

私が住んでいた炭鉱町がダムの建設によって湖底に沈むことになった。

秀峰夕張岳の麓にあったこの町は自然にも恵まれて「山菜の宝庫」と呼ばれ、季節になると他の町や村から車で訪れる人で賑わっていた。

長屋の裏庭とその周辺の空き地には無数の野菊が咲き乱れていた。

三十年前、炭鉱のガス爆発で一人の親友を失った。

「俺が死んだら金のかかる花だけは供えてくれるなよ。庭に咲いている野菊をたくさん祭壇に並べてくれたら満足だ」

生前彼が酒に酔うと決まって口から出るセリフであった。

激しい労働から帰って来ても野菊の周りの雑草を丁寧に取り除いていた彼の姿が目に浮かぶ。

厳しい冬の寒さにも耐えて春を待っている野菊の根は逞しく生きていた。細くて小さいけれど優しさと温かみのある香りが彼をひきつけていた。

いつの日か完成したダムの岸辺には野菊が咲いて、この町を去って行った人たちが再び訪れるのを待っているだろう。

来年は彼の三十七回忌を迎える。湖底に沈む前に撮った野菊の群生写真を仏壇に供えてやりたいと思っている。

あの世で彼はつぶやくだろう。

「よく忘れないでいたなあ」と。


（67歳　無職　北海道）

銀杏《ぎんなん》の実

伊冨貴 慶之助

「あんまり鍋の側に寄ったらアカンで、跳ねた殻が飛んで火傷するから……」

父は銀杏の実を、持ち手の付いた鍋を揺すりながら煎りつつ、私と弟の子供を火元から出来るだけ離そうとするが、二人は待ち遠しく、つい鍋を覗き込もうとする。先ほどから香ばしい匂いを漂わせ、もう充分だと思うが
「銀杏はなァ殻が割れて中身が見えるまで煎らんと……」

朝風が側の大きな銀杏《いちょう》の木の黄金色の葉を撫でて通り過ぎていく。

昭和の初め、大阪市立博物館が天王寺公園の奥にあった頃、父はそこの職員をしていた。子供である、われわれには何が原因なのか？知る由もなく、母と大喧嘩の末、夫婦別居、父は人の宿直まで買って出て、博物館の宿直室で、五歳の私と、三歳になる弟を引き取りこの四、五日まえから男所帯に入っている。

博物館の裏手には、大きな銀杏の木があった。父は帰りたがる子供たちの機嫌をとるため、毎朝その銀杏の実を煎ってくれるのである。やがて煎れて弾けた銀杏の実の堅い殻を父は自分の歯で取り除き、子供たちに与えた。まだ、舌に焼けつきそうな、ホコホコとした熱さの香り、適度の甘さに、歯ごたえがある小粒の銀杏の実が私達子供の口を満足させる。

ふっと、弟が母を思い出してか
「かァちゃんにも持って、もう、家に帰へろなァ」

と言った。子供たちは母が一年前に産まれた末の弟を連れ、自分の実家に戻っていることは知らない。

途端に、今までニコニコして、われわれ子供たちを見守っていた父の顔が険悪になり
「かぁちゃんのことなんか心配せんでええ」

と、吐き捨てるように言った。

「そしたら、今夜も家に帰れへんのか？」

それには答えず
「そうや！　今夜はお前たちの好きなカレーライスを注文しょうか？」

今度は父はベソをかく子供たちを宥《なだ》めにかかった。

親たちが、何故そうなったのか？　一番の末の弟が、成長するに従って、誰がみても上の兄二人と、顔も、体つきも、似もせぬ子に育っていくことで判った。


（72歳　無職　大阪府）

ミレニアム、二〇〇〇年はどんな香りを放ったのでしょうか

待ちに待ったミレニアム（千年紀）。前年の一九九九年は、一九八五年頃に新人類と注目された世代にとって、子ども時代に地球が滅亡する予言が噂された年でした。

噂はまさに杞憂に終わり、この年、地球は滅ぶことなく回転。

ただし日本は、バブル崩壊以後の閉塞感漂う状況。

「香・大賞」でも失業やそれに伴うさまざまな問題を題材にした作品が目立ちました。

一方、着実に社会機能となりつつあったＩＴ世界。コンピューターが00年を示したとき、二〇〇〇年を認識できるかどうか「二〇〇〇年問題」も注視されました。

もちろん社会変化は一九〇〇年と明らかに違う次元に到達していました。

問われたのは人間と人間の心のつながり。この回の作品集『かおり風景』に藤本義一審査委員長が書いた、先輩である二人の文学者 司馬遼太郎氏と吉行淳之介氏の話。それぞれの永遠の不在に「不意に線香の火が消されて、煙が漂いはじめたような別れだった。二人の先輩はいつも私を導いて下さったし、さりげなく背を押して下さった気がする」と。「君子の交わり」は香りのようでもありました。

1999

第15回［香・大賞］入賞作品

一九九九年募集・二〇〇〇年発表

ランドセルの中の忘れもの

永井 久雄
49歳　喫茶店経営　京都府

ドアの開く音がして、弾んだ子どもの声が飛び込んできた。入り口に目をやると、黒いランドセルを背負った男の子が母親といっしょに入ってきた。「いらっしゃい！」と声をかけると、男の子は、店の雰囲気に気圧されたのか母親の後ろに隠れてしまった。

「ランドセル買いにいったんやけど、自分で背負って帰るいうて聞かへんねん」と、コーヒーを飲みながら母親がおかしそうに話す。隣では、すでに緊張の解けたあどけない顔がサンドイッチをほうばっている。「おっちゃんにもランドセル見せてくれる」と聞くと、くりくりした瞳でコクンと一つうなずいた。

母子が来店した時から心の奥底で何かが反応していた。ランドセルの中を覗いた瞬間その正体がわかった。鼻を打つ皮の香りが、忘失していた遠い日のある記憶を呼び戻した。

うららかな春の日、父のこぐ自転車に乗せられ、峠を越えて町までランドセルを買いに出かけた。初めて見る町の商店街は、頭の中が整理できないほどの感動と興奮の連続で、まるで夢の世界にいるような気分だった。宇和海が夕日に染まりはじめた帰り道、まだ気持ちが高ぶっていた。野球選手の絵がプレスされた背中のランドセルも、深くかぶった学生帽も、旗本退屈男の映画も、洋食屋さんで食べたオムライスのことも、家に近づくほどに実感となっていった。そしてなにより、一日を父と二人だけで過ごせたことが、私を得意にさせていた。

思春期の頃、脳卒中で性格が変わった父のことが嫌でならなかった。以来、そんな気持ちが無意識のうちに、父との一番の思い出さえも記憶の彼方に押しやっていた。

変わってしまったのは自分のほうだった。男の子の無垢な瞳とランドセルの香りが、長い間硬化していた心のヒダを浄化してくれた。

いつかは、この子も今日の日を思い出すだろうか。「バイバイ!」と手を振る無邪気な姿を見送りながら、ふとそんなことを思った。

乳

押田明子
31歳　主婦　埼玉県

妊娠してしまった。私の頭の中で、親になることの重圧と恐怖がうずを巻く。

両親に虐待されて育った私は、未だに人間関係や精神面でいろいろな問題を抱えている。大半の女性が持っているらしい『子供を産みたい』という願望を、私はどうにも理解できなかった。主人の承諾を得られたのを幸い、自分の心が十分回復するまでは、子供など作るまい、そう思っていたのにである。

愛せるだろうか、受け入れられるだろうか。母親に拒絶された胎児は無事産まれることができない場合もあると知り、半ばうつ状態になりながら、お腹に声をかけ続けた。まるで、板切れと棒をこすり合わせて火をおこそうとするような気分だった。母性の炎とまではいかなくても、せめて煙くらい上ってくれ。日々強くなる胎動を感じつつ、祈りながら数ヶ月を過ごした。

やがて、息子が生まれた。私は早速『母親』を開始した。泣いたら抱き上げ、歌をうたい、話しかける。笑顔で育児に励む私を見て、主人はすっかり安心したらしい。息子もまた、私が母を演じていることに気がつかなければよいのだが。

母親としての実感も、我が子に対する愛情も、今ひとつ心に湧いてくることがない。けれど、今のところ、息子に怒りやイライラを感じることも少ない。泣いて寝ない息子を、うとうとしながらも抱き上げてあやすことができている。少しずつ成長していけば、あるいは私は、この子をいじめずにいられるかも知れない。

乏しい母性を補うかのように、母乳は十分に出る。お風呂上がりなど、温まった乳房からポタポタ滴り落ちることもあった。

その、白い液体を手のひらに受けて、私はそっとなめてみた。息子の命を支える液体は、舌先にほのかに甘く、粉のそれよりも、やや青くさいにおいがした。

わたしに似た木

星川 由香
30歳 主婦 大阪府

三月のまだ寒い日、電話でいきなり「結婚する」と切り出した私に、田舎の母は全く動じなかった。恋人がいることは知らせていたが、結婚の意志をにおわせたことは一度もない。突然で、しかも衝撃の告白のはずだった。

「おおかたそんなことだろうと思った」

訝《いぶか》る私に、母は独り納得したようにいった。

「だって今年は、お前の小梅がいっぱい、いっぱい花を咲かせているもの」

早春になると実家の庭に咲く小梅は、私と同い年だ。植物好きの母が、私の生まれた年に植えた。二つ上の兄の時は月桂樹。従弟が生まれた時は、柿。双子の従姉妹たちの時には、桃と栗。そうやって親族が増えるたびに、庭の樹木の数を増やしていった。

小梅には時々ドキリとさせられる。大学を卒業した年のことだ。私は、やっとの思いで入った会社を、希望の部署に配属されなかったのを理由に、たった半年足らずで辞めてしまっていた。憧れの会社で、どんなことでもやり遂げるつもりだった。それなのに……。私は、次の就職先も決まらないいま帰省し、そこで小梅が、いつもの場所から姿を消しているのに気づいた。

「どうしたの、小梅」

「居心地悪そうだったから、場所変えたんや」

聞けば、枝が上には伸びず横にばかり伸びようとして、いびつな形になってしまったという。庭のすみに、枝を落とされ一回り小さくなった小梅があった。側へ屈んだ。花芽の数はわずかだった。触れるといかにも弱々しい。顔を近づけた。木の匂いしかしなかった。

「すぐに大きくなるよ」

背後にいた母が先回りしていった。

以来母は、離れて暮らす私の素行を、小梅を見て判断するようになったそうだ。私に似た、私より正直な小梅。「枝も太って」と母は続けた。どうやら外見までお見通しらしい。

トマトの葉っぱの向こうがわで

大津純子
30歳　無職　福岡県

「ごめんね、お母さん。迷惑やろうけど」

「なーん、あんたの家やろうもん」こちらに背を向けたままの母が言う。

体調を崩した私がそれまでの一人暮らしに一時的な終止符を打ち、実家に戻って来たのは昨年の秋のことだった。心と体が回復するまでの間を世間から離れて一人で静かに過ごすためである。「仕事一筋」、それまでの私である。いつのころからか、自分の歯車と、世間の歯車がかみ合わなくなってきていた。気づいた時には心も体も病気であった。

田舎での毎日は私を癒した。朝の散歩で吸う澄んだ空気。庭に咲く花々。畑の旬の野菜。夜風が運ぶ木々の香り。それらの全てが私の体になっていった。初めのうちに感じていた田舎生活に対する違和感もいつの間にかなくなっていた。一人で考えることの多かった時間もしだいに減って、少しずつではあったが私の行動範囲も広がっていった。そして、いつの間にか心も体も元気に回復し明るく笑う自分を発見していた。

「こっち、こっち。手伝ってー」畑から呼ぶ母の声。西の空に沈み行く夕日を背中に受けて、私からは母の顔が良く見えない。一気に丘を駆け上がり夕食のトマトの収穫に参加する。「わあー、今日もたくさんなっとるねー」日が沈みかけてもまだ熱い八月の空に向かって私が叫ぶ。「元気の素たい」トマトの葉っぱの向こうから声が帰ってきた。カサカサ、カサカサ。母の姿は見えない。「うん、ありがとうね、お母さん」私が言う。母の返事はない。カサカサ、ブチッ。カサカサ、ブチッ。葉っぱが揺れトマトをちぎる音が夕焼け空に響いた。ブチッ、カサカサカサカサ「ほうら、こげん大きか。匂いば嗅いでんね」突然、葉っぱの間からトマトを掴んだ手がニューっと出てきた。びっくりしながらも母の手をそっと掴み顔を近付け嗅いでみる。真夏の太陽と大地のエネルギーが私の体一杯に吸い込まれた。「ほんなこつ」私の頬を涙が伝っていた。

ミルクパン・カレー

片山ひとみ
37歳　主婦　岡山県

「たくさんいらんぞ。二回も食べれば十分だ」

台所の入り口から父が、にんじんを切る私の背中に声をかけた。

里帰りの最終日。一人暮らしの父が大好きなカレーを作っておく。翌日、会社から帰宅しても夕食づくりに煩わないように、と。

十六年前、母が急逝した。突然ふりかかった家事。父、高校一年の私、入試一週間前の中学三年の妹で、てんてこ舞いして出来たカレーは、母が愛用した、家で一番大きな深鍋よりひと回り小さな鍋から湯気を上げた。

やがて私が嫁ぎ、昨秋、妹が嫁ぎ、そのたびカレー鍋は、小ぶりなものへバトンタッチ。

そして、その日選んだ鍋は、ミルクパン。

ルーは、市販されている一番小さな箱の半分。水が三五〇cc。底が広い鍋では、具を入れると、たちまち焦げついてしまうから。

一握りのジャガ芋やにんじんが、赤や黄色のさいころのように、泳ぎながらとろけてゆく。木べらに当たる薄っぺらな感触に、離乳食を作っている錯覚さえする。

目を上げると、ほこりをかぶり、強制退職させられた大きな深鍋たちが、出窓の棚から私の手元を眺めていた。

うらめしい視線を避けるように急いで、手のひらにのる程のカレールーをチョコレートを割る手つきで鍋に落とした。ままごと遊びを思い出すミルクパンが、コンロの上で、木べらで混ぜるたびにカタカタと安定を失う。

家族が一人減り、二人減り、この家を象徴するように形を変えたカレー鍋に、父までもが小さくなったような、くやしいほどの哀しさが、強い香辛料と共に胸に突き刺さった。

夕方、県北へ向かうディーゼル列車に揺られ、車窓から冬景色が広がる田園を見つめる。

ひじをつく左手に、カレーの匂いが残っていた。ミルクパンからのぼる小さな香りの中で、一人、カレーを食べる父を思う。

「今度、うちに父を誘おう」

ダディーの香り

マリアブラッキン
29歳　フリーライター　神奈川県

父のコロンの香りは自分の成長の香りだ。

私が物心ついた時からその「ダカール」と言う名のコロンの香りは尾を引くように父から滲み出ていた。その香り＝父の存在だった。

子供の頃、父のその体から発してる匂いが大好きだった。学校で友達と喧嘩をして家へ帰ってきた時には、父の大きな胸板に顔を埋めて泣き、低い慰めの声と海の風のように香る彼のコロンが私を落ち着かせてくれた。おぶってもらった時には、父の背中の温もりとほのかなコロンは私を休ませてくれた。夜、ベッドへ入った私に父がおやすみのキッスをしてほっぺたに無精髭をすり付ける瞬間、微かなブランディーとダカールの混ざり合った神秘的な香りに催眠をかけられ、私を暖かな安心感へ包み、静かな眠りへと落としてくれた。

しかし、そんな父の香りは中学へ入ると、次第に不快となった。ティーンエイジャーの私に厳しかった父は青春を奪う敵だった。家へ帰ればダカールの香りは鼻を打つ。ピリッと冷たく臭ったコロンは父の存在を訴え、私を憂鬱な気持ちにした。それは堪え難いほどだった。父と娘の間には何時しか眼に見えない壁が存在していた。

高校を卒業してすぐ、私は敵から逃れ自由を得るため家を出た。それから八年、現在父はカナダで暮らしている。年に二、三度しか会えない父と会うと、彼が確実に年をとり心が弱くなっている現実が私の胸を締めつける。敵の面影はすっかり失われている。

春、久し振りに父と会うと彼はぎゅっと私を抱き締めた。父の懐かしい香りは一瞬に彼の存在の大きさを思い出させ、思い出を蘇らせた。別れがきていつものように父は私のほっぺたにキスした。父の眼に涙が浮かぶ。沢山のことを言いたそうな悲しい眼で私を見つめる父。"I love you" と私は呆れた風に言い彼のほっぺたに軽くキスした。

その時父は素敵に香った。自分が確実に年をとっていることを実感した一瞬だった。

カサブランカ

関　弘子
47歳　公務員　群馬県

白いレースのカーテンが夕暮れ時に、淡いオレンジ色に染まる事に気付いたのは、入院して数日経ってからだ。点滴が落ちる音さえ聞こえそうな静寂の中で、窓の外を眺めた。

「お見舞いをお届けに来ました」

花屋さんが大輪の見事なカサブランカの花束を届けてくれたのは、そんな時だった。

『美しい花を眺め、ゆっくり養生して下さい。一日も早い回復をお祈りします』

シンプルなメッセージカードが添えられていたが、贈り主の方の名がなかった。

（いったい誰が下さったのかしら……。）楽しい想像を巡らせたが心当たりは浮かばない。立ち寄った主人に早速事の次第を話した。

「きっと、カサブランカが好きな事を知っている人よね。花を眺めていると、傷口の痛みも忘れてしまいそうなのよ」

「なかなか粋な人だねえ。弘子が喜んでいる顔を見せてあげたいものだよ。早く良くなれという事さ」

そう言いながらベッドの傾きやふとんを直してくれた。体の位置を動かすと、主人の煙草の臭いと一緒に、サイドテーブルに置いたカサブランカのどこか懐かしく、何かおしゃれな香りが体を包んでくれる。

手厚い看護やカサブランカ効果のためか、手術後の経過も良く三週間で無事退院となったが、花の贈り主はわからなかった。

退院して半年位経ったある日、主人の書斎を清掃しながら何気なく開いた本の間から、病院宛の花の送り状の控えを見つけた。

……まあ…主人が贈ってくれたの……。他の人とばかり考えていたので思いがけなかった。……そういえば、昔、映画館で『カサブランカ』を見た帰り道、同じ名前の花がある事を教えてもらった。

……スクリーンを見ているように二十五年前の記憶が鮮やかに蘇る。

本の間にそっと送り状をもどす時、照れた主人の顔と病院のカサブランカの仄かな香りが、ふと思い出された。ありがとう。あなた。

最後の通勤電車

横光 佑典

送別会が終わった。

車を呼ぶと言うのを断ったわたしは、仲間たちに別れを告げて地下鉄の駅に向った。

「お達者で。また遊びに来て下さいね」

背中に聞こえる仲間たちの声がジンとくる。酔った頬を、初夏の風が心地よく撫でていった。

数えて降りた駅の階段は、四十段あった。こんなことも、その日初めて知ったことだった。そして恐らく、もう二度と登ることはないのだろう。わたしは、思わず後ろを振り返った。階段が「長いこと、ご苦労様でした」と言っているように思えたとき、わたしは、四十年のサラリーマン生活が終ったことを実感した。

乗った電車はすいていた。持ち込んだ淋しさは消えてはおらず、灯かりまでが心なしか暗く感じられた。駅は次々と過ぎていく。もう少しゆっくり走って欲しいと思う気持ちも、いつもとは逆だった。

そっと周囲を見廻してみた。みなが疲れきった顔をしており、誰一人、わたしのことを見ている人などはいない。と、そのとき電車が急停車をして、隣りで眠っていた男が膝の上に倒れこんできた。

「痛いじゃないか」と睨みつける目も、恐らくは会社に置いてきてしまったのであろう。

「大丈夫ですか?」という言葉が、自然と口をついて出た。男は身を起すと、台詞を忘れた役者のような顔をしてわたしを見ていた。「これが最後なんですよ。明日からは、もうこの電車には乗りませんからね」と言いたい気持ちを、かろうじてわたしは抑えた。

電車が走り出すと男は何事もなかったようにまた眠り始めていた。膝のあたりには、男が残していったローションの香りが微かに漂い、わたしには、もの言わぬ男が香りで謝辞を述べているかのように思えた。

(66歳　無職　東京都)

姉の香り

森永 昌雄

長い時の流れの中で日本人の心は、かつての戦争の悲劇を風化していくのだろうか。

昭和二十年五月、当時五歳だった私は母と三つ違いの兄と一緒に、長崎駅で何時ホームに入るか分からない汽車を待っていた。大きめの防空頭巾が目を塞ぎ幾度となく転びそうになりながら雑踏の待合室で兄と走り回っていた私は、母のいつもと違う沈んだ様子が少し気になっていた。軍需工場の多い長崎の町は空襲が日毎に激しさを増し、三菱造船所に勤務していた父は非常時体制下、会社で寝泊まりを続けていた。事実、この日、濃い朝モヤがかかる早朝、駅まで会社の車を回してくれたものの父の見送りはなかった。

父は自分の実家がある佐賀県の田舎の町に妻子を疎開させることで、父親としての役目を果たしたかったのだろうが母の心配は別にあった。それは女学校に通う、私とは十歳離れた姉を家に残していくことだった。

「大丈夫よ、お母さん。ちょっとのあいだでしょう。学校のことも大事だけど、お母さんのいない間、お父さんのこと私に任せて！　大丈夫だってば」前日も姉は母を諭していた。やっと列車がホームに入る放送が流れ、待合室は活気づき改札口は人で揺れ動いた。

丁度その時「お母さーん！　マサオ！」と、姉が走り込んできた。「間に合って良かったわ！」額に汗がキラキラ光っていた。

「これが和雄のよ、こっちが昌雄の分よ」姉は紺地のスカートのポケットから白モクレンの花弁を取り出して手のひらに渡した。モクレンの甘い香りが辺り一面に漂い、周りの人達も姉に笑顔を向けた。「二人ともお母さんの言うこと、ちゃんと聞くのよ」姉は私の鼻を指で突き、エクボを作って微笑んだ。

三カ月後の八月九日、長崎に投下された原爆は父と姉の命を奪った。巡る季節の中、五月の初旬、白モクレンの花は優雅な香りを漂わせてくれる。私にとって白モクレンの花の香りは、懐かしい姉の匂いである。

（59歳　団体役員　福島県）

最後の取引き

俣木 聖子

昨年の正月父が八十二歳で亡くなった。父と母は三十年前に離婚した。

証券マンだった父は浮気を繰り返し死ぬまで付き合っていた女性がいたようだ。亡くなる数ヵ月前に電話が掛かってきた。「お金貸してくれへんか」そんな年になっても女に貢いで貯金も底をついていたのだ。

一人で生活ができなくなり、母に内緒で、ケアハウスに入居させた。「お父さんここでごたごたしたらもう行くとこないんよ。女の人に手出したら面倒見ないからね」

「わかってる。女はもうこりごりや。わしな迷惑かけんように、パッと死ぬから心配せんでええ」

面会に行く度に父は言った。しかし以前付き合っていた人が来ていたらしい。「自分が生きていくのもやっとこさなのに、なけなしのお金をようあげるね。病気になったらどうするの」

父を叱った。父はいつもの科白《せりふ》を言う。死ぬ時は、迷惑かけん。

（そんならまくいく筈ないやん）厄介な父に拘《こだ》わり後悔したが侘しい姿を見るとほっておけなかった。女癖さえ悪くなければ、ダンディな優しい父だったのに。

暮れに肺炎で父は入院した。私が誰なのか解っているのに話はハチャメチャだ。

「場が引けたから株の受け渡しに行って来る」

呆けたん。なにが、パーといくや。私はうろたえたが、父の顔は若き日北浜で働いていた時の様に生き生きしていた。

一週間ほどまだら呆けだったのに見舞いに行くと「ピーナッツ食べたい」といって聞かない。点滴しかしていないから駄目だろうが、買って来た。ポリポリと無心にいい音をさせていた。ゴクリとお茶を飲み突然ベッドの上に正座した。

「世話になったな。ややこしい親ですまんかった。最後に聖子ちゃんに見てもろうて、有りがたかった」父は私に頭を下げた。次の日に意識不明になりそのまま天国へ行ってしまった。ピーナッツを嚙むとあの日を思い出す。さすが株屋やな、売り時をのがさんと、あんじょう最後の取引きを終えた。

（55歳　主婦　大阪府）

太陽と風の香り

小熊 佳津子

花柄のブラウスが、すばやく夫のポロシャツに近づいた。レースのついた袖口が、そっとポロシャツの胸元に触れた途端、今度はストッキングが、勢いよくスラックスにからみついた。

窓ガラス越しにそれを見ていた私は、思わず笑い出してしまった。花柄のブラウスも、肩巾の広いポロシャツも、映画の主人公よろしく爽やかな秋風の中で、何事か囁き合っているように見える。

ベランダに干された洗濯物は、同じ方向の風に吹かれて、結構仲良くやっている。顔と手足が中に入ってしまうと、なかなか、こんな具合には行かないのだけれど。

よくよく見れば、花柄のブラウスがポロシャツの胸を突き、ストッキングがスラックスを蹴飛ばしたようにも見える。すると、ベランダの主人公達は、ずいぶん深刻な場面なのかも知れない。

洗濯をして、干して、畳んで、また洗濯をして干して畳む。当り前に繰り返している毎日。ベランダの向こうに広がる青空をスクリーンにして、主人公の二人は、この先どんな服装になるのだろう。日日の時間を重ねて、確実に年をとって行くと言う現実を、特別に考えることもなく暮らしている日常。

午後になって、取り込んだ洗濯物を膝にのせて、手熨斗《てのし》をしながら畳んでいると、ふんわりと暖かく優しい香りがした。まぶしい光を注いだ太陽と風の運んだ香り。その香りに誘われるように、ふと今朝のベランダの様子が思い出されて、少し気持ちが弾んだ。

「今日を大切に」時には心の曇ることがあっても、夕方までにはカラッと乾いた洗濯物のようになろう。

ベランダに届いたこの風は、きっとコスモスの花を静かに遊ばせて来たに違いない。

（43歳　主婦　香川県）

いたわりの言葉

山口千恵

義母が倒れた。我が家で療養したい。私と夫はその強い願いを聞き、東京の仕事を一時やめ、宮崎で看病の日々を過ごした。

「だれんごっね」

義母は私が茶碗一つ洗う度に『疲れないようにね』と寝床から声をかけてくれた。

「ゆっくりしときやん」

どちらが病人かわからないくらい、いたわってくれる義母であった。

ある日のことだ。

義母は一日おきに丸山ワクチンを打ちに通院していた。宮崎の五月は気温三十度を越す。

「そろそろ出掛けましょうね」

私はいつものように義母の手を取った。

「おかあさん、暑くて身体がきついでしょう」

「あんたくさぁー」

「えっ」

私は耳を疑った。私がくさい？　私はあわてて、洗面所に駆け込み制汗スプレーを吹きつけた。自分のにおいはわからないものだ。外で車の用意をして待っていた夫に、小声で「私匂う？」と聞くと「いつもと同じレモンのいい香りがするよ」とにこっと笑った。

「おかあさんが、私くさいって」

「本当？　病気で敏感になってるのかなあ」

普段きつい言葉一つ言わない義母だけに、くさいという言葉が響いた。ずっと我慢していたのかもしれない。何て謝ろう。くさくてごめんなさいと言うのも恥ずかしい。気になったまま、時だけが過ぎた。

秋に義母は逝った。……十年が経った。縁あって、私達は宮崎に住むことになった。

「毎日宿題があって大変ね」

「ママくさぁー、仕事あるじゃない」

小学校に通ってすっかり宮崎の言葉になった長女が笑って言った。

「ちょっと待って、それどういう意味？」

「ママこそ、大変だねって言ったんだよ」

私は走って仏壇に行くと、手を合わせた。


（37歳　人形制作アシスタント　宮崎県）

ワイシャツの香り

三浦 悦美

アイロンがけが嫌いだ。だから後回しになる。子供がいると危ないから。とか言い訳はいくらでも見つかる。それで一日延ばし、二日延ばし、とうとう夫が会社に着て行くワイシャツのローテーションに困るようになってやっと重い腰を上げる。今日はどうしてもアイロンをかけなくちゃ。朝からそう思っている。でもしたくない。それでわざと、いつもはしないガラス拭きや鍋磨きをして忙しぶってみる。勢い、アイロンがけは夜になだれこむ。そのうち夜も更け、子供も寝てしまう。言い訳も尽きてやっと、渋々アイロンがけを始めることになる。

夫はサラリーマンで、朝早く会社に行き、終電の頃にしか帰ってこない。静かになった部屋にひとり、しわの寄ったワイシャツをアイロン台の上にふわりと載せてスプレーのりをシュッ、シュッと吹きかける。熱くなったアイロンをのりで湿ったワイシャツに当てると、ジュッという小さな音をたてて夫が会社に行くときだけつけていくコロンの香りが、蒸気とともに立ち上る。水晶玉をのぞく魔女のように、私は鼻をつくコロンの香りに、私の知らない昼間の夫の姿を見る。

結婚して十年近くになる。名前で呼び合う時は過ぎて、いつの間にか「お父さん」「お母さん」になっている。帰ってくるのが当たり前の毎日で、夜夫が帰るのを楽しみにすることもない。一緒にいるだけでどきどきしたことも、天袋の奥にしまい忘れたものみたいに心の中で埃をかぶって、思い出すだけでひと苦労だ。それでもアイロンをかけるとふわっと香る夫のコロンの香りを嗅ぐと、私の知らない昼間の夫にやきもちをやく女の自分に気付く。まだ好きなんだと思う。香りが自分でも忘れている思いを呼び起こしてくれる。その思いが知りたくて、ひとりの夜にそっと香りをきいてみる。ああ、まだ大丈夫と思う頃に、いつもの顔で夫が帰ってくる。そして私も「お母さん」の私に還っていく。

（33歳　主婦　神奈川県）

素敵な香りのつけかた

田口 郷子

夏の間だけ通った英国の大学のエレベーターの中で、或る日私は車椅子に乗った現地の男子学生と、米国から来た女子学生と一緒になった。米国人の彼女は、親切にも「何階で降りる?」と、車椅子の彼に聞いている。「ファーストフロアで降りるよ」と応えた彼に、「了解。着いたら教えてあげる」と、彼女は微笑んだ。

彼は、普段は社会人で、この夏の間だけ大学に通っていると言った。そんな他愛無い会話の中、エレベーターの表示階数が「1」を点滅し、そして停まった。ドアが開き、彼女は、「どうぞ」と、彼を促した。彼が車椅子の車輪に手を掛けた瞬間「おっと、ここはグランドフロアだね。英国では、二階目をファーストフロアと言うんだよ」と教えてくれた。ああ、昔そんなこと習ったなあ、などとぼんやり考えていた私は、彼らのやり取りよりも、もっと面白い点に気が付いた。彼は足が悪くて車椅子に乗っているのではなく、盲目なのだ。それなのに、彼女の間違いを完璧に指摘した。おもわず私は「何故わかるの?」と聞いてしまった。「匂いさ。ここは、ファーストフロアの匂いがしない」

それ以来、私は時々エレベーターのドアが開く度に鼻を利かせてみた。確かに、多少匂いは違うものの、それは学生が放つ香水や体臭などで嗅ぎ分けられるだけで、いつも条件が一致するわけではない。唯一、私が必ず嗅ぎ分けられるのは、カフェテリアのある階だけだった。

やはり、彼は盲目ゆえに、他の感覚が敏感なのであろう。そう感心していた或る日、友人がこんな噂話を聞いてきた。「あの車椅子の彼ね、今すれ違った地学の教授の恋人らしいわよ」「へえ」と振り返った、颯爽と歩く彼女の後姿は、既に小さい。代わりに、彼女の去った後は、ほのかにバラの香りが漂っていた。私は、はっとして、今自分がいる階数を確かめた。そこは、彼が行く先だった、ファーストフロア。行き交う生徒の大半は、地学のテキストを手に持っていた。

（31歳　会社員　東京都）

二十一世紀を生きる人々に贈る香りの知恵

ミレニアムの期待と不安を経て、いよいよスタートした二十一世紀。
ＩＴの世紀となりそうな社会環境の変化は、すでに世界的に拡がっていました。
それは身近な生活をより快適で便利にする一方、
従来の価値観が通用しない現実への戸惑いも生じさせました。
二十一世紀初回の「香・大賞」に寄せられた作品が、
人間本来の生の証《あかし》としての香りに溢れていることに、地球という生命体のバランス感覚を思いました。
畑正高実行委員長は作品集『かおり風景』の中で、ますます複雑化する時代に求められる知性として、
あらゆる可能性を取り去ってたった一つの真実を見つける「消去法」という考え方を開示。それは
「すれ違った人が身につけている香りでどこの誰か識別できたという平安貴族の社会」の知恵でもありました。
ゲスト執筆者の仏文学者 朝吹由紀子氏は作家Ｆ・サガンの言葉を引いて
「新しく選んだ香水に希望があるように、捨てた香水に対しても未練が残るものである」と。
フランス人の恋愛哲学に「温故知新」が香りました。

2000

第16回［香・大賞］入賞作品

二〇〇〇年募集・二〇〇一年発表

糸の息吹き

小野塚 恵美子
61歳 主婦 埼玉県

狭い部屋が一時華やかになった。幾枚かのきものがゆうらりと吊るされている。とうとう、娘への伝達品である。母のものも、男物も若干ある。それぞれに思い出が深い。手を触れると慣れてしんなりと絡みつく。微かな風に大人しやかな素朴な匂いがふんわりと漂う。これが何故か昔から不思議に気持ちが落ち着く。そういえば、子供のころ、祖母の部屋が好きであった。いつもきもの姿で背中を丸め、針仕事をしている祖母に絡まると同じような匂いがして、背中に顔を押し付けた。その祖母がいつか、昔に縮みがつくられていたころだそうだ、とこんな話をしてくれた。

「――機織りは若い娘の冬仕事での、糸を紡ぐに雪の湿りっけがなじょも大事で、折らないように切らないように丁寧にの、そうして紡いだ糸を幾度も雪に晒してそ、それから織り上げるのにどれほどの手間が掛かることか、気力のある若いうちにしかできないほんに難儀な仕事だこてね、やっとそれが織り上げられてきものに仕立てられ身に着けられると、あったかい肌風で糸が目を覚ましての、フーと息をするてがんだて……」

それがあの素朴な匂いなのであろう。あるいは温もりの香りといってもよい。香りは本来、表に匂い立たせて感知するものであろうが、素材そのものが醸し出すものものある。実際、自然の香りが人の心を安らかにする効果もあることはよく知られている。もしかすると、きものを身に着けたときの一種の安らぎは単に身体に馴染むやさしさということだけではなく、糸の息吹きから自然にアロマセラピー的効果を受けているのかもしれない。

だが、きものはもはや日常的にはその役割を果たすことは難しい。しかし、そのやさしさが失われることはないであろう。娘もその娘たちも、糸の息吹きを感ずることはないかもしれないが、せめてその温もりの香りだけは伝えておきたいものである。ふーとその安らぎを必要とすることもあるであろうから。

私の中の柚子《ゆず》

宮田 保江
54歳 主婦 長野県

「お母さん、覚悟して下さい。この病気の生存率は約半分。しかも助かっても、その半分位の子に障害が残ります」

私は医師の言葉を、心の中で何度も繰り返していた。

生後二か月足らずの息子淳《じゅん》が、一日中目を覚まさなくなった。熱は無いが、無理に起こそうとすると、「ギャー」という動物的な泣き声を出す。大学病院でインフルエンザ脳症と診断された。

急遽、入院が決まり、淳のか細い腕に点滴の針が打たれた。私はチアノーゼで青黒く冷たい淳の頬に、そっと触れてみた。その時、微かに優しい香りを感じた。香りを頼りに、窓辺に寄ると、小さな柚子がひとつ、ぽつんと置かれていた。退院した人が忘れていったものだろうか。

真夜中、何度も淳の体を痙攣《けいれん》が襲った。医師や看護婦の慌ただしい動き。病室に緊迫した空気が流れる。

(障害を持って生きるより、このまま いってしまった方が、幸せなのだろうか……)

一瞬、私の脳裏を掠めた思いを、柚子に叱咤されたように感じた。その時から、柚子は私の中で、植物とか柑橘類とかの枠を越えて「命あるもの」として、語りかけてくるようになった。私は一晩中、柚子を握りしめ、がんばれ!がんばれ!と、念じ続けた。

「お母さん、峠は越しましたよ!」

医師の暖かい言葉は、不安と恐怖に張り裂けそうな私の心を和らげてくれた。

その晩、私は新雪で洗った柚子を輪切りにして、紅茶に入れた。感謝の気持ちで溢れる程の柚子ティーを、穏やかな心で飲んだ。

あの日から二十九年。もうすぐ淳もお父さんになる。島根県の奥出雲で陶芸の道を志している。今もあの時私に、命の重みと大切さを教えてくれた、柚子の香りが生きている。私の中で育ち続けている。

ホットケーキなんて大嫌い！

飛田いづみ
40歳　主婦　愛知県

まだ白黒テレビの時代、幼かった私は、ホットケーキのコマーシャルが大好きだった。粉を溶きながら「耳たぶぐらいの柔らかさ」という歌が流れる部分では、いつも、自分の耳たぶを触って、うっとりとした。

「お母さん、作って、作って！」

けれど、母の答えは、いつも同じだった。

「体の調子がいいときにね」

母は、ぴっちりと閉められたふすまのむこうで、病床についていたのだ。

そんなある日、珍しくソファーに腰掛け、お茶を飲んでいた母がこう言った。

「明日なら、作れるかもしれないわ」

次の日、ドキドキしながら、待った。

けれど、いつまで待っても、母は、起きてこない。やがて、ふすまのむこうから、か細い声が聞こえてきた。

「作ってあげられなくなっちゃった。ごめん」

ふすまは、やっぱり閉じられたままだった。

そして、母は、その後まもなく入院して、あっけなく葬式の日を迎えた。

あれから、私はホットケーキの嫌いな大人になった。ホットケーキは、私に思い出させるから。母が私を愛してはいなかったということを。私を愛していたら、ふすまを閉めたままにはしなかったはずだと思ったのだ。

やがて、私は結婚し、ホットケーキを焼かない母親になった。

そんな頃、知り合いが、母と同じがんに倒れた。見舞うたびに彼女がやつれていくのが悲しかった。

そして、私は、やっとわかったのだ。母が、私に姿を見せようとしなかったわけを。きっと、私も、母と同じ立場なら、愛する子供たちを心配させないよう、ふすまのむこうに、苦しむ姿を隠しただろう。

今、私は子供たちと、日曜日にホットケーキを焼く。部屋中に甘いかおりがあふれる。もしかしたら、このかおりをかぎたかったのは、私よりも母だったのかもしれない。

文旦

片桐 須美枝
58歳 無職 大阪府

Yさんが職場にやって来たのは春の始めの頃である。土佐の高知の女性《ひと》で四十半ば、色浅黒く体格の良い人だった。仕事振りは自信に溢れ何かにつけて自分流を崩さぬ剛気さが、その強い土佐訛りに表れていた。土佐の〝いごっそう〟(がんこ者)、陰で仲間はそう呼んで敬遠した。そんな彼女と私が打ち解けたきっかけは、バーゲンで買って失敗したカーディガンを、

「いいカーディガン着ちゅうねえ」と、彼女がえらく気に入って誉めたからである。雨の日専用に着ていたそれを、私は未練なく彼女に進呈した。大き過ぎたカーディガンは体格の良い彼女にピッタリだったからである。

「国へ帰ったら、お礼に文旦送るきに」

気にも留めなかったが、その時彼女はそう言って嬉しそうにそれをたたんだ。三ヶ月程経った頃、仲間内であるトラブルが起きた。

原因はマイペースを貫く彼女が起こす摩擦が、火を噴いたのである。案じていた私は皆を代表する形で忠告をする羽目になった。その時、もっと自分から皆と馴染む事、言葉を出来るだけ標準語に近

付ける事などを言った。

　すると途端に凄い剣幕で、生っ粋の土佐弁で怒り出した。私は唖然としてそれっきり、彼女とは口をきかなくなった。秋風が立ち始めた頃、彼女は郷里へ帰って行った。そして、私は彼女の事を忘却してしまったのだ。

　年の瀬も押し迫ったある日、ずっしりと重い箱の宅急便が届いた。送り主の名前を見ても直ぐには思い出せない。当惑していると、中からツーンと特徴のある柑橘類の良い香りがして来る。私はハッ！とYさんの事を思い出した。見事な文旦が十個入っている。何だか胸が詰まるような思いでお礼の電話をすると「何の何の、土佐の文旦は最高やきに、まあ食べて見て。片桐さんにはまっことお世話になりました。高知へ来る事があったら必ず寄ってよね、美味いもんどっさりあるきに」電話の声は続く。土佐の言葉はこんなに柔らかい温かい響きをするのかと痛感した。

予感

山田 久美子
42歳 主婦 熊本県

娘に促されて、初めて孫をおそるおそる抱いたとき、甘い優しい香りに私は包まれた。

交際を反対していた相手とのあいだにできたこどもだった。それまで何とかして別れさせようと私はできるかぎりのことをした。物わかりのいい親のふりなど投げ捨てて、私自身一番嫌っていた理不尽な言葉もたくさんはいた。私ごと体当たりして熱病にかかっているような娘の目を覚まさせたかった。娘の選択はあまりにも並の幸せとはかけはなれているように私たちの目には映った。そんな中、妊娠を告げられたときの苦しみと絶望。

望むとおり結婚は許したが、心の中はわだかまりでいっぱいだった。常日頃、神を信じている、神の愛と共に生きると言いながら、娘を嫁がせるとき、人知れず悲しみの涙をこぼした自分が惨めで情けなかった。いくら、ふたりを祝福しなくてはと思っても、心は思うように動いてくれない。けれども、もうその気持ちを表に現すことはタブーなのである。私は思いを胸の奥底に沈めた。

娘のおなかは月日と共に目立ちはじめいよいよ出産の時を迎えた。産まれてくるこどもを愛せるのかどうか私はそれがとても不安だった。産まれてくるこどもに罪はないことは重々承知している。だからこそ、私は私の心が恐ろしかった。娘が幸せいっぱいならもしかしたらそれほどでもなかったかもしれない。けれども娘も横顔がいつも悲しげだった。

腕の中で、孫は私の顔をじっとみつめた。見えているのかどうかはわからないがそれでもじっと私の目を見ている。何もかも知っています、と言われているような気がする。突然、孫がにっと笑った。とたんに私の、胸の奥からぐっとなにか塊が飛び出したような気がし、同時に「ゆるして」と口にだしていた。思わず柔らかな頬に私の頬を押しつけると懐かしい甘い優しい香りが私のなかに広がっていった。これをきっかけに、新しい何かが始まる、きっとよくなる。そんな予感がした。

竹串として生きること

堀田 知映
18歳 家事手伝い 熊本県

机の上に硬式野球のボールが一つある。そのボールには黒のフェルトペンの「全国高等学校女子硬式野球選抜大会優勝」の文字。春の選抜大会で優勝が決まった時のエースピッチャーが「優勝出来たのも先輩がマネージャーとして私達を支えて下さったからです。これはマネージャーが持ってて下さい」と言って渡してくれたものだ。

私は好んでマネージャーをしたわけではなかった。背番号をつけてグラウンドに立ちたかった。が、それはかなわなかった。

「手術が必要です」

医者は静かに断定した。高校二年の時のことである。傷病名「右足関節靭帯損傷」。またか！ 右足に関しては以前二度の手術を受けている。完治したつもりでいた。ところが完治していなかった。ノックを受けている時再び同じところを痛めてしまったのだ。傷心の日々が続く……。野球を辞めようと思い悩む日々が続いた。そんな折、居酒屋を営む母が言った。

「こん葱間ば見てんね！ 豚バラと葱と竹串の三つが揃って葱間ばい。お客さんは竹串は食べんばってん、竹串が無かと葱間じゃなかとよ」

母の言葉によって、私は竹串になろうと思った。そして、自ら願い出てマネージャーになった。足にギプスを着け、松葉杖のマネージャーなど全国どこを探してもいない。おそらく私だけだった。松葉杖で、選手の疲れた足のマッサージ、故障者へのテーピング、部室の掃除……。試合の時はスコアブックの記入。

マネージャーになって、私たちのチームは二度の全国優勝を果たした。

葱間の串となって私はよかった。

土色に染まったボールは私の一生の宝物だ。そのかおりは、革と土と汗のまじった香り。その香りをかぐ時、私は「あんた竹串たい」の母の言葉の原点に戻ることが出来る。

平木さんのお参り

本間えり
61歳　無職　大阪府

二十年以上の運転歴を持つ専業主婦三人でお年寄りを送迎するためのボランティアグループ（紅葉が丘カークラブ）を結成した。予想通り、バスの便の少ない市民病院までの依頼が多い中で、私に電話をかけてきた九十歳の平木さんの行き先は近くにある寺だった。

寺の駐車場からの急な階段を背中を丸めてゆっくり上った平木さんは、本堂に着くとまず手提げ袋から直径三センチほどの丸い容器を取り出す。中の粉状のものを手のひらに擦りこむようにしてからお経を静かに唱え始めて間もなく、あたりがそこはかとない奥ゆかしい香りに包まれる。塗香《ずこう》というものを初めて知った。

平木さんからは大体三ヶ月に一度依頼の電話がかかる。

『お寺までお願ぎゃあします』元気な電話の声につられて、私も元気な返事をして迎えに行くと、身だしなみを整えた平木さんが門の前に立って待っている。ワンピースに真っ白なタビックスでぞうり履き。髪もきちんと梳かしつけて実に気合いが入っている。

ある時、お経を唱え終った平木さんに、何の願い事をしているのか尋ねたことがある。

『そうよのう、毎日何ごとも無う過ごせるのが有り難いばっかりで、この年になりゃあ自分のために何かをお願ぎゃあすることはありませんなあ』

家に帰り着き車から降りた平木さんは、私に（紅葉ケ丘カークラブ）規定のガソリン代五百円を入れたポチ袋を差し出しながら、有り難う、有り難うを繰り返す。

車を発進させ、曲がり角まで来て覗くバックミラーには車に向かって手を振る背中の丸い小さな平木さんの姿が必ずある。

しばらく車内に残っていた塗香の香りも消え、不平、不満、いら立ちが沈殿して尖った気持ちを持てあます日は、平木さんの元気な電話を心待ちしている。

アフリカの匂い

久保田 史絵
27歳 主婦 長野県

一枚のハガキが届く。青年海外協力隊でアフリカのマラウイに薬剤師として行っている兄からのハガキ。なんとなく土臭い匂いを感じるのは、私が感傷的になっているせいなのか……。

二〇〇〇年七月。彼は旅立った。

「何が見つかるか分からないけどな」

と言って旅立った。

小さい頃から、忙しく時には子ども心には理解できなかった癇癪を起こす父母の顔色を伺いながら妹の私の面倒をよく見てくれていた兄。いつも親のいいなりで、何かにつけて欲がなく、将来の希望を感じられなかった。とにかく親に「いや」を言わない兄だった。心配だったが、大学時代に兄の手帳に書いてあった言葉がそれを決定的なものにした。

「僕は、祖父母・父母・妹の望みどおりに生きる。踊る人形である」

涙があふれ、とまらなかった。

しかし、転機が訪れた。就職するようになってから、兄と出かけたニューヨーク旅行。すると、一人でルーマニア・ケニアに旅するようになり、そこで出会った大切な彼女もできた。

「しめた。兄ちゃんが動き出した」

しばらくして、協力隊への参加を決断。希望地はアフリカ。動物を愛し、純粋すぎる心を持つ兄にとって、アフリカという未知の土地は「兄の魂のあるべき場所」だと思った。

そのハガキには「こっちは何をやるにもゆっくりだ」とあった。そういうペースの中でもっともっと自分を見つめていて欲しい。自然と共存して生きることの許される今では稀有な土地。二〜三年後の再会を期待して土臭いハガキを手に、感動し少し涙ぐむ。

心から応援しているよ。きっと帰ってくる頃には、今は新婚の私にも赤ちゃんが生まれているだろうから、その優しい手で抱き上げてやってね、お兄ちゃん！

西王母

加藤 節子
67歳 工芸作家 大阪府

春の彼岸に母は逝った。それから半年たった秋の彼岸、私は天王寺に参詣した。帰りの縁日で「西王母」と書かれた三十センチ程の、椿の苗木が目に入る。枝には淡いピンクの大きな蕾が一つ、母なら「朱鷺《とき》色の椿ね」と喜びそうだ。

苗木を手に取り鼻に寄せると、

「奥さん、蕾は匂いまへんで。それより天王寺さんの帰りに買《こ》うたら、ご先祖さん喜びはるで。匂いは買うてからや」と植木屋。

私はうまくのせられてしまった。

母は若い頃からよく働いた。老いても体を使うことは厭わず、子供達にも重宝がられたが、七十歳半ばで痴呆がではじめた。

その母が、八十歳になったばかりの或る朝突然、心不全で他界。

私が駆けつけた時は、母の干した洗濯物が春風になびいていた。

痴呆とはいえ、病弱な兄嫁を助け最後まで家事もこなしていたようだった。

葬儀も終え、夜遅く帰宅した私は、郵便受けから新聞を取りだした。その時、一枚の葉書が足許に落ちた。何と、つい先ほどお骨になったばかりの母からだ。

……今日まで知らなかったのですが私ボケたらしいの、皆に迷惑かけるわねえ。死ぬこともできないし、どうしたらよいのか教えて下さい……

ひととき正気に返った母が、不安と淋しさのあまり娘に呼びかけたのだろう。電話は絶えずかけてはいたが、生前の母には久しく逢っていなかった。悔いばかりが残る。

あれから十年、西王母は塀よりも高く、秋の彼岸から春の彼岸にかけて、順序よく咲き続けてくれる。

死の前日、投函された母の葉書は今も読むたび、胸にせまってくる。だが西王母は咲くたび私を和ませる。

今日も庭に咲く西王母の枝を両手に挟み、香りをさがしてみた。

クチナシの薫りと・平和を願う気持ちと

萩本 はる子
65歳 無職 愛知県

クチナシの薫る頃になりますと、無性に人恋しくなります。キンモクセイの香が庭に満ちる頃もそうなのです。五感が連鎖反応するのでしょうか。それとも、私の脳に刻みつけられた個人的体験の条件反射に過ぎないのでしょうか。ともあれ、優しい気持ちになることは確かです。

誰にでも優しくしたい気持ちになります。ボンベを替えに来たガス屋さんには冷たいウーロン茶を出し・夕刊を配るパートのおばさんには「蒸し暑いのにご苦労さん」とねぎらいます。好意を伝えたくて言葉を探します。「重かったでしょう・お疲れさま・大変ね・嬉しいわ・ありがとう」等と。〃人恋しさ〃って、行きずりの人へ、現在ただ今の小さな好意を届けたい思い。周囲を住み良くするに違いない気持ち。人々が仲良く出来るに違いない感情。

殺し合って武器のすぐれた方が勝つ歴史を学び・戦いの下で起きる様々の悲劇を見ていますと「平和だ」なんて思えません。地球が壊れる危機感の中で、小ぜり合いは続いています。でも〃平和〃は切に欲しい！ 焼夷弾が落ちて来るのを下から見上げた子は、戦争の意味も・平和の重さも、身体で知っています。国と国の仲が悪いのは歴史上理由のあること。わけを知り・分をわきまえ・好意を伝えあえば、こうまで不安な世にはならなかったでしょうに。人は優しくなる時があります。優しくなれるのです。ですから〝平和にする〟って難しい事ではありません。ふっと人恋しくなった時、その人恋しさを表す事だと思います。易しい言葉で、優しい気持ちを伝える事だと思います。

幼い時、母の実家によく預けられました。祖母の家にはクチナシもモクセイもありました。母の姿を慕った記憶とモクセイの薫りとは、私の中で一緒なのです。平和を願う思いと人恋しい気持ちとは、私の中で一緒なのです。

祖父のパイプ

後藤 隆
17歳 学生 岐阜県

秋の夕陽の光景には、亡き祖父があった。白髪が縁側のガラスに映り、広くもない庭をじっと眺める姿。ゆっくりとロッキングチェアが揺れ、背もたれに深く身を沈めながら、静かにパイプの煙が流れる。それは、今までの人生を回想しているかのようであった。

すでにその頃、祖父は肝臓癌の末期であった。その事実を知っていたのは、父と祖母だけだったが、薄々は僕自身も感じていた。二ヶ月前に入院先から祖父の切望で自宅に戻ったのだが、少しずつ衰弱していく様子に、僕は笑顔を作るしかなかった。

「歳はとりたくないな。病院に入ったおかげで、余計に老けてしまったよ」

そんな語りに、僕は涙を抑えて否定した。

「何言ってるの。お爺ちゃんはいつもダンディーじゃないか。大人になったら僕も真似したいよ」

中学二年の僕は、その祖父のパイプは好きだった。くゆらせるパイプの香り。それは乾いた人間の理性のような香りがした。祖父全体の匂いでもあった。幼児の時に祖父に抱かれるとその匂いがした。その香りが祖父のイメージとして僕の記憶に定着したようだ。

だが、祖父が亡くなる一週間前、パイプが寝床に無造作に捨てられてあった。主人のいなくなったパイプは木屑の塊に見えた。もう、祖父にはパイプをくゆらせる体力はなかったようだ。床で眠る荒い息が祖父の部屋で響いていた。それからの突然の沈黙。祖父の死は楽器が最後の音を流して収束するようにやってきた。ところが、パイプの香りがする部屋には、まだ祖父が生きているような匂いがあった。

今、祖父の部屋はそのままに残っている。コレクションされた数十本のパイプがガラスケースにある。それ以上に四年以上も過ぎたのにパイプの香りが残っている部屋には、祖父がドアから入ってくる錯覚がする。

大鋸屑《おがくず》の香り

河野 ひさ江

小学校四年生のとき、父は出征し母は祖父母と私達姉弟三人を抱え必死に働いていた。

昼は砂鉄工場でトロッコを押し、夕方は製材工場へ行って大鋸屑をリヤカーいっぱい運ぶのである。家の前が風呂屋さんで息子さん二人が出征し、残された老夫婦は燃やすものがなく休み勝ちであった。

母は大鋸屑を製材所にもらいに行って、風呂屋を開店し近所の人々に喜ばれていた。

夕方学校の帰りに友達と歩いていると、よく母のリヤカーと逢う。カスリのモンペをはき手拭いをかむり、地下足袋をはき、男のような姿であった。

こんな姿の母に逢うのが恥しかった。

その日、母は雨の中を合羽《かっぱ》をかぶり、リヤカーをひいていた。大鋸屑もぬれて重そうだつた。上り坂にかかったとき、傍にいた同級生の葉子さんが「おばさん、押してあげる」と言ってかけ出した。私も一緒に力いっぱい押した。次の日から坂道で母のリヤカーを葉子さんと待つようになった。

「ありがとう、助かるよ」と母は嬉しそうだった。リヤカーの後から押しているとき鼻先に大鋸屑の香りがつーんとくる。

母が帰ってきてモンペをぬぐと大鋸屑の香りが家中にただよう。

父の帰還後は網元として八十人もの荒くれ男を仕切った母であった。その母が亡くなってもう十年になる。

葉子さんと私はずっと、こどもの時のままの親友である。

葉子さんは三十代で未亡人になり三人のこどもを立派に育てあげた。

「あなたのお母さんには、励まされ助けていただいたのよ」と、言ってくれる。

過日二人で旅行した。宿の近くの森を歩いていた時、大きな木を切っていた。木の香りに二人は顔を見合せてほほえんだ。小学生のときの大鋸屑の香りが森いっぱいにひろがった。

（72歳　主婦　千葉県）

てんぷらそば

印南 房吉

昔、浅草に住んでいた。六区の大きな瓢簞《ひょうたん》池に一本足の鶴が汚れて立っていた。一日中、ぐいっと伸ばした嘴《くちばし》から大空に弧を曳いて噴水を吐き続け、池の漣《さざなみ》に千切れ雲が白く流れていた。

洋服屋をやっていた父は男三人兄弟の末っ子の私に期待していたらしく、小学校五年の時、川向うの中学を受ける事になって何かと気を遣《つか》っていたようである。母はどうしていいのか判らず時々お菓子を余分にくれた。その頃の私は文学全集を片っ端から読み漁《あさ》っていて受験勉強なるものはしなかった、第一教科書以外に何を勉強するのか判らず教科書は易しかった。御多分にもれず芥川龍之介にのめり込んで、自我、自意識、そしてジレンマを朧《おぼ》ろげに自覚し始めていた。

合格発表の朝、突然父が一緒に行くと云い出した。足許を吹き払われるように寒い言問橋《ことといばし》を二人で黙って歩いた。

合格していた。父と学校の近くの角のそば屋に入った。父は何でも好きなものを食べろと云い、徳利の酒をコップにトコトコと注ぎ、クーッと飲み、初めてニツコリした。

「よかったな……ん……よかったな」

天ぷらそばはうまかった。熱いお汁《つゆ》もうまかった。父と二人きりで外で食べた記憶はこの一回だけだった。一生、記憶に深い天ぷらそばだった。

現在、私は横浜に住んでいる。ベッドからランドマークタワーの青いライトアップと時には月光が蒼白く溢れる中で、ゆっくりと手足を伸ばす。左脚を失って四十余年、踠《もが》いて生きて来たが、結局、平凡だったな、そして平安だった。

子供の頃、近所の原っぱでチャンバラやら戦争ごっこで、私はいつも切られ役、殺され役の降参役だった。記憶は千切れ雲のように飛び、風景が走る。一度っきり、二人っきりの天ぷらそばの匂いがふっと掠める。もう帰れない時の香りである。

（71歳　自営業　神奈川県）

人生のあるとき

城谷 忠昭

八年前の梅の花咲く季節、五十路半ばの私は肝臓を患って名古屋城の近くにあるMという病院に緊急入院した。六階の三人部屋の窓際のベッドをあてがわれ、安静と点滴の日々が始まった。中央のベッドには腸の病気だという団塊世代の銀行員のKさん、廊下側には肺をおかされた銀髪のMさんが臥せっていた。

病状としての私の実感は、どこまでも沈み込んでゆくとめどないだるさにつきた。

桜の満開時、ある薬を短期集中投与されたのが功を奏し、私の症状は一気に改善された。すると妻は「再婚しそこなったわ」と揶揄し、友人は「葬儀委員長、駄目かぁ」と毒突いた。

思うに入院するとは、何らかの形でハンディキャップを負った人が一時的に外界から保護、遮断される一種の温室生活であった。そこには外界と同じように悲喜交々《ひきこもごも》の人生の縮図もあったが、なぜかモノクロ映画を見ているような現実感の薄い仮構の世界の姿に思えた。

桜からツツジに花変わりする頃、Mさんの容体が急変し、外科病棟に移されていった。

その夜のことである。洗面所をはさんだ北側の向いの部屋から、フーコン、フーコンという器械音とともにモガリ笛にも似たうめき声が聞こえ始めた。私にはその声がMさんの声に重なって聞こえた。やがて、きれぎれになり、止まった。突然Kさんがベッドに座り祈り始めた。Kさんはクリスチャンだった。

ツツジが満開になって私が退院する日、Kさんは「握手して下さい」といった。Kさんの手は暖かく柔らかだった。

病院を出て二か月ぶりに地面を踏んだ。プレッシャーを受けていた。まるで無理やり卵の殻を破られて外気に放り出された雛のような気分だった。妻の運転する車に乗る。窓を開けた。新緑の木々、真っ赤なツツジ、白いビル、黄色い看板……。風! 突然、むせかえるような濃い衝撃が体内に染み透ってゆく。

外界の、生命あふれる香りなのだった。

「戻ったよ」と私、「うん」と妻。また香る。

（63歳 嘱託 愛知県）

中年ババアと小錦少年

宇田 幸子

オリンピックの年の秋、知人に誘われて、某建設業組合の運動会に参加した。競技進行係は、ねじり鉢巻きのお兄さん。おじいちゃんにおばあちゃん。孫に曾孫。親戚に、知人と、なんとも賑やかな運動会だった。

秋晴れのグランドには、白いテントが立ち並び、運動会のテーマソングが鳴り響く。各組合が出している出店からは、美味しそうなおでんや焼きそばの匂いが流れてくる。

スプーン・レース。ビン釣り競争。大玉運び。ビリでも賞がでるので、あれもこれもと楽しんでいた。次は男女ペアの二人三脚だ。

「誰に頼もうかしら」と迷ってたら、知人がミニ小錦タイプの少年をつれてきた。

「こいつも相手がいないんだって。よかったら、一緒に走ってやってくれる」

「ええ、いいわよ」

言ったとたん、小錦少年が不満そうな声をだした。

「え〜っ、また中年ババアかよ」

「なに贅沢言ってんだ。走って、走って」

躊躇する私の背中を、知人が強く押した。しかし少年はがっかりしたようすのままだ。

「ついてないっす。これで二人三脚、五回目なんすよ。毎年相手は中年ババア。来年は中学を卒業するから、これが最後なのに……」

相手の中年ババアである私も、こうアケスケに嘆かれると、却って腹も立たず
「他の人探してきてあげる。待っててね」

と、若い女性を探した。が、皆断られた。

「覚悟するのね」と丸太ん棒のごとき脚に我が脚を縛る。肩を組みたいがとどかない。〈うまく走れるかしら?〉と心配になり、

「いい？　縛った足の方から踏み出すのよ」

つい口うるさく注意した。が、見事二着。無邪気に喜んでいる少年に、私は言った。

「これは、中年ババアのお陰なんだからね」

すると少年がおでんを一皿持ってきた。

「親が屋台出してるんです。うまいっすよ」

「ほんと、昆布のよい匂いがしてるわ」

私は少年の素朴な好意を感じていた。


（60歳　主婦　東京都）

新婚ごっこ

前川 ひろ子

ご主人が定年退職をした友は、遊び仲間からはずされる。家に居るご亭主に拘束され、女だけの旅や、おしゃべりとランチの時間、などは吹き飛んでしまうのだ。

友から電話がかかると、どこでもいいから出掛けてっ、家にいない日を作ってて、とキレる、という。あと二十年、こんな生活が続くのかしらと友は暗い声で呟いた。

わが家は、定年後のバトルは絶対にしたくない、してはいけないと思っていた。

桜のころ《その日》がきた。私たちは、離婚しようと決めた。ただし気持ちの上の話だ。

「あなたとは再婚したの。よろしくね」

「新婚はんか、ええな」夫は上機嫌だった。

心のなかでニンマリしながら、私の夫教育が始まった。

おい、と呼ばれると、新婚だもの名前で呼んでください、とお願いする。私はあなたをダーリンと呼ぶわというと、彼はのけぞった。

買い物、銀行行き、掃除、洗濯、犬の散歩、ラブラブの二人はいつも一緒だ。

イチョウが舞うころ、海外旅行に挑戦した。

前の亭主はケチンボで、新婚旅行は宮崎と鹿児島だったわ、と私。

ご主人も若かったのですから、あの当時は仕方なかったんと違うの、と夫も乗ってくる。

重いスーツケースを、《新郎》は軽々と運んでくれた。頼もしいこと、わたし幸せですと、称賛のことばを惜しまない。

旅からもどった夫は、英語と水泳にチャレンジする、図書館も、のぞきたい。すまないが、昼食はカルチャーセンターですませると言った。《新婚ごっこ》に飽きてきたのだ。

ラブラブの間、夫は家事を、ほぼ習得したから、私は再び、遊び仲間の集いに加わった。

友と日帰りの旅をして戻り、玄関の戸を引いた。家の中には、夫の匂いが充満していた。ここが一番落ち着くと思いながらも、換気のことも教えなくてはと思った。

「ダーリン、ただいまぁ」

（59歳　主婦　山口県）

野水仙

濱 裕子

昭和五十七年二月九日、日本海は玄界灘の島で私は母となった。

前日の八日、二つもニュースがとびこんできて、驚いたあまり、夜中から陣痛がきた。東京のホテルニュージャパンの火災。なんと東京で働いていた会社のあるビルの真向いが燃えていた。そして、羽田沖飛行機墜落事故。パンク寸前のお腹をなでながら、テレビの前で「うあー、大変」と言っているうちに、「え、どうしたのお母さん」といのちも反応してしまったのだ。

人生、何が起きるかわからない。まさにその通りで、東京から島へ転居して、出産。ネオンから星空と漁火へ。夜になれば、ただ深い闇が訪れるばかり。

一週間の入院を経て退院。いのちと対面して、その小さな存在がこんなにも愛しいものかと思いは深まるばかり。黄色いおくるみにいのちを抱きしめて一歩外へ出てみれば、雨。

「冷たいね」

寒の戻りの雨が、島じゅうをすっぽりと濡らしている。いのちの重みと、わずかな不安と。まるで冬の終りと春の始まりの間で揺れるかのように。

「ただいま」

と家へ入ると、かすかな、かすかな甘い香り。なんだろう。床の間に目をやると、そこに野水仙が生けられていた。

いのちを抱きしめたまま座りこむと、鼻先から身体中へゆっくりと流れこむ香り。

雨のにおいと風のにおい。

冬の間中、雨や風にさらされながらも細い首をまっすぐ天に向けて、りんりんと生き続けてきた野水仙。

ああ、野水仙がこの島に生きている。私達も生きていけるとふっと心が安堵した。身ごもってから今日までの長い日々の間に、かじかんでいた心の一部分が、野水仙の香りにゆっくりとほぐされていった。

あの日から十九年。野水仙が咲いている。

（47歳　詩人　長崎県）

薫る首

中田 理恵

人は強烈な意思表示をするために、香りを纏うことがある。そんな手段としての香り使いについて考える時、私には必ず思い浮かぶ人物がいるのだ。

木村重成――。戦国時代終焉期の人物である。徳川家が天下を掌握しつつある世で、崩壊寸前の豊臣方に与して戦い、凄絶な討死を遂げた美貌の若武者である。享年十九歳。

この形勢不利な戦に臨む重成の覚悟のほどは、後に彼が戦の中で討ち取られ、その首を徳川家康が検分した時の逸話に表れている。

「皆の者」

と、重成の首を前に諸将を見渡した家康の目には、涙が浮かんでいたという。

「敵ながらあっぱれ。この首を、嗅げ」

言われるままに皆が重成の首に鼻先を近づけると、芳しい香りがその髪から立ち昇った。

重成はいよいよ自分の最期の日が迫ったと悟り、前日に沐浴で体を清めてきれいに髭を剃り、髪に香を焚きしめていたのだった。

これは首が討ち取られた際、朽ちて悪臭が漂うのを恥と考えたゆえのことでもあろう。しかしそれよりも、生と同じくらい死を大切にする気持ちが、髪に香を焚くという行為につながったのではないかと私は思うのだ。

重成は豪胆実直ではあったが、日頃は無用の争いは極力避ける物静かな青年だった。そんな彼を、腰抜けと笑う者もいたそうだ。しかし、重成は死を恐れていたのではない。己の命はあくまでも天下の一大事に役立ててこそ意義があると考えていたのだ。その証拠にこの戦では何のためらいもなく、恩を受けた豊臣家のために大奮戦している。人生を一寸の隙もなく全力で生きていたからこそ、重成は迫り来る死を従容と覚悟できたのだ。

眠るように静かに目を閉じたその首の香りは、彼の美徳の象徴であり、また、燃え尽きた魂が浄化されていく静かな香りでもあった。

私は未だに、重成以上に鮮烈な香りの用い方をした人間を知らない。

（34歳　会社員　東京都）

指先に染みついた線香花火

國政 文代

ちゃんと石鹸とお湯で洗い流したはずなのに、指先に微かにゆうべの線香花火の香りがした。焦げた火薬のつんとした匂いを嗅ぎながら、私は何時間か前のささやかな川べりでの出来事を、遠い物語のように思い返した。

終わってしまった恋や、休養のための入院、会社の退職など全てに私なりの決着をつけ、彼と再会したのは半年ぶりだった。お互いが傷つかないよう精一杯の言葉を交わして別れ、二度と会えないと思っていた人なのに。ただ彼とは物事への眼差しや、この歳ならではの一種の諦めのようなものなど、似ているところや共有する部分が沢山あって、いくらか懐かしさのようなものを感じ続けていたのかもしれない。彼は思いのほか、以前よりも元気で明るくなったように見受けられた。

「ねえ、花火しようか?」

このまま再会の日を終わらせてしまうことが少し名残惜しくて、無邪気な提案をしたのは私だった。コンビニで三〇〇円の花火セットとライターを買い、河川敷に腰をおろした。華やかな花火は瞬く間にその光を失い、再び辺りは夜の静寂に包まれる。その繰り返しを私たちは淡々と楽しんだ。そして最後に残された線香花火は、他の花火の色彩の豊かさには劣るが、とても辛抱強く儚げな美しさで初夏の夜を彩った。

「凄く参っていた時、貴方になら解ってもらえるかと思って、電話番号を表示させては、通話ボタンを押す勇気がなかった……」

正直な私の告白の後、強く握られた大きな掌に久しぶりの安堵を覚えた。私はわがままで、自分本位な人間なのかもしれない。でもいちばん素直になれる人こそ、本当は大切にすべき人なのだということをやっと判ったように思う。華麗さや明るさはなくても、線香花火のもつしっかりとした朱色の炎のように、冷えきっていた私の中にぽっと暖かく、確かなあかりが灯った気がした。

（30歳　無職　広島県）

地下鉄に吹く風

柴田 夏子

その女の子は地下鉄に乗りこみ腰を下ろすと、おもむろにバッグから化粧品を取り出した。少々苦い思いで私は彼女を見つめた。最近はこういう若い女の子も少なくない。私は彼女の正面の席に座っていたので、悪いとは思いつつも、目は傍若無人に下地クリームを塗りたくる手つきに釘付けになってしまった。

彼女の隣に座っていたおばあさんも、化粧を始めたことに気づいたらしく、無遠慮に女の子を見つめている。

そんな私たちの視線などに頓着する様子もなく、彼女は鮮やかな手つきできれいに変身を続けていく。じっと見つめていたおばあさんは、何度か口を開きかけてはやめている。きっと苦情を言うのだろう。それに対する女の子の冷たい態度まで想像できて、私は何かに思わず祈りたくなる心境だった。

とうとうおばあさんが女の子に向かい口を開いた。するとその女の子はパフをはたく手を止めはしないものの、おばあさんに向かいにこりと微笑んだ。きれいに整った顔に花が開いたような愛らしさが寄りそう。女の子はおばあさんの話しにきちんと頷きながら、相槌を打っている。私の席には聞こえにくいが、切れ切れにこんな台詞が聞こえてきた。

「あなたのお化粧品は外国製なのね。いい香りがするわね。私が若い頃はお化粧品はとても高くて、なかなか買えなかったの」

説教でも苦情でもなく、おばあさんは彼女の美しさを誉めていた。艶やかな彼女の頬を称えていた。自分の感情のほかに人を判断する基準を持たないのは私の方だった。

二人は仲良くお喋りを続け、降りる駅でよろけるおばあさんに手を添えるようにして、一緒に地下鉄を降りていった。まだ途中だった女の子のメイクアップは地下鉄の中に微かに残り香を漂わせている。それは新鮮な空気を吸ったように、私の心に染み入っていった。

（26歳　会社員　福岡県）

かおり

瀧川　奏子

わたしのちかくの、一年生のお家にきんもくせいの花がさいていています。二人できんもくせいの花をかいでいたら、とてもいいにおいでした。一年生はきんもくせいの花をとって、つばで花のひらべったいところをはなにくっつけてあそんでいました。

きんもくせいの花は、おれんじで五まいの花びらで一つにかたまっています。でも一回目は、はながつまっていたので「ズルズル」と音がしてなんにもにおいはしませんでした。

きんもくせいの花をみていると、「きょうも元気にいこうね、がんばっていこう」というようにみえます。わたしのマンションのところにもきんもくせいがあったらいいなと思います。

そしてわたしの学校にもきんもくせいの花があります。まず小うんどうじょうのところをあがってちょっと上のところです。おかあさんも「きれいよね」といっています。わたしは、こうすいのにおいはにがてです。

きんもくせいの花はとてもきれいです。そして「がんばろう元気でいこうきょうも一日をめざせ」といって心につたわりました。

よく見てたら、きん木せいの花がおちてしまいました。「ああせっかくいきているのにごめんね」と心の中でいいました。ほんとうに「もったいないな」と思いました。「お花も人げんといっしょなのにあああ」と思います。

「これからもずっときんもくせい元気でな」

（8歳　小学生　兵庫県）

地球上で永遠に香る
生命の尊さ

映画でなら既視感《きしかん》があったかもしれないけれど、現実にはあってはならない光景。
二〇〇一年九月十一日、日本ではそれを映像で〝目撃〟することに。それはちょうど、
第17回「香・大賞」の募集開始と同時期のことでした。通常より作品が届くのが遅かったのは、
米国で起こったこととはいえ、動揺があったからでしょうか。
やがて、いつも通りに届いた作品に、巡り来る季節の確かさを感じました。
この事態に、戦争を知る世代の二人の審査員は、作品集『かおり風景』を通して生命の尊さを伝えました。
藤本義一審査委員長は、病院の人工呼吸器に入っている孫との面会に際し
「生命の中には少なくとも四代の歴史が凝縮されているものだと思った。
この孫達の世代が戦争という名の下で命を奪われることがあってはならない」と。
定年退職後、執筆の傍ら家庭菜園にいそしむ中田浩二審査委員は、
新聞社時代の「鳥の眼」の視座に対して「『虫の眼』で周囲を見回す習いが身についた。
地表すれすれに視座を置くと、万物の生気に触れることができて、毎日新鮮な驚きに溢れている」と。

2001

第17回［香・大賞］入賞作品

二〇〇一年募集・二〇〇二年発表

香る命

大重兼一
61歳　教育委員会嘱託員　鹿児島県

五十余年お世話になったスマさん。スマさんは雨の日以外は裏の狭い畑を耕した。

自分の名前さえ忘れてしまった九十五歳のスマさんが地を這うようにして小豆を蒔いた。

「おばさん、その小豆誰が食べるの」

「誰でも良かと。ご先祖様からずっと受け継いできた小豆を絶やしちゃならん。命は受け継がなきゃいかんとよ」

そして三日後、五年待った老人ホームに入所した。主のいない畑で、
小豆は夏草と共に成長し実をつけた。

稲の刈り入れの終わった道を通り、ホームを訪ねた。

スマさんは車椅子に乗り、園の庭に二人でいる。寮母さんによるともう一人の方は九十七歳。

二人とも耳は遠い。一人がスマさんに語りかける。

スマさんはじっと口元を見ている。聞こえていないだろうな。理解できないだろうな。

それでも口元を見て、聞いている。

唇の動きが止まったとき、スマさんがぽつり、ぽつりと語り始めた。

「ここは良かところだ。家では一人。ここには顔がある。

ちょっと首を動かせば人がいる。あんたみたいに話しかけてくれる人がいる。

ことばも忘れてしもうたが、寂しゅうはなか。間もなくお迎えがくるだろう。

お迎えが来たとき、よう生きた、ご苦労さんだったと御仏さんに言うてもらいたか。

……長ごう生きたよな気もするが、一夢見たよな気もするなぁ。

……間もなくあんたともお別れだ。ありがとう。ありがとう」

涙でスマさんの背中がゆがむ。寮母さんに断って、スマさんの小豆で作った赤飯を手に載せた。

「まあまあ、どなたか知りませんが、こんな赤まんまをありがとうございます。

小豆の香りがほんに良かこっ。

何処んどなたが作りなさった小豆じゃろうかいなぁ」

香る命を受け継ぎたいと、今、切に願う。

過去からの香り

岡部 方子
49歳 主婦 神奈川県

この夏、十二年ぶりにプラハを訪ねた。それは、記憶を確認してみたいという息子たちの希望からだった。

一九八六年、夫の転勤でチェコに渡った時には、息子たちはまだ四歳とゼロ歳だった。初めて体験する社会主義の暮らしは戸惑うことが多かった。国家公務員だけの国の「どうして」と思うほど無愛想で不親切な店員。冬になると売る物のなくなってしまう八百屋。何を買うにも、ただ我慢するしかない長い行列。ひなたのショウウインドーに放置されたまま、乾き始めた肉のかたまり。秘密警察と電話の盗聴。空港や国境で出会うカーキ色の制服の軍人。西側の人間への興味と警戒。いやなことを見つけるのは簡単なことだ。

それでも毎日の暮らしには、たくさんの楽しみや喜びがあった。モーツァルトに出会えそうな石畳の夜の旧市街。オレンジの街灯の下、いつまでもいつまでも降り続く粉雪。長く暗い冬が終わって、春が来るという胸がはちきれそうな予感。若葉と花々が一気にはじける春の、体中の血がわきたつような感覚。

社会主義に閉じ込められたチェコ人の屈折した想いが、私たち自身の想いとして感じられるようになった。スメタナの「我が祖国」を聞く時のチェコ人の誇り。大戦前の豊かで自由だった時代への郷愁と渇望。

ボリバロバ通りの昔の我が家では、大家のクチルさん一家が待っていてくれた。玄関を入った時、息子が大声をあげた。

「そう。この匂いだよ。覚えてる」。

それは、冬に焼くラードや、暖房のスチームや、暖炉にくべる薪の匂い。クチルさんたちの体臭もまざった不思議な匂い。ボリバロバの家の生活の匂いだった。そして私たち家族がプラハに暮らしたという確かな記憶の中の匂い。私たちには何よりも馨《かぐわ》しい、なつかしい過去からの香りなのだ。

雨が香れば

須賀さなえ
19歳　学生　東京都

かえると目が合った。

その日朝から降っていた雨は、帰る頃になると香りだけを残して跡形もなく消えていた。

無用になった傘を片手に、私はその場で固まった。

蛙との距離は約一メートル。私が一歩踏み出せば、蛙が一つ飛べば、接触も可能。その遠いようで近い距離に、私は勘弁して欲しいと思った。蛙は好きじゃない。

そんな私の心を知ってか知らずか、蛙は動くことを忘れたように、ただじっと私を見つめていた。

蛙の目は大きくて、丸くて、真っ黒だった。太陽に反射して鈍く光る。

泣き出すのではないかと思った。

苦しくて、辛くて、寂しくて、悲しくて。それでも一人堪えている小さな生き物。

ゆらゆらと揺れるその瞳に、私はつられて切なくなった。今まで気付かずに堪えていたものを蛙に突きつけられたような気がした。

大学進学のために上京してきたばかりだった。慣れない生活への苦しみと、愚痴一つ言えない辛さと、家族と離れた寂しさと、涙一つ流すことも許されない悲しさが、一気に押し寄せていた時期だったのだ。

何かに堪える一人と一匹。

蛙と見詰め合っていた時間は意外に短かったと思う。

最後に彼は私を見たまま、グルル、とないた。私は応じるように顎を引いた。

一っ跳びで蛙は私の横を通り過ぎた。私も足を踏み出す。

歩きながら、私は少し泣いた。

景色がぼやけて、ぐずぐずと鼻が詰まりだす。耳も少しキンと痛い。

後ろで彼がゲコ、と泣く声と、雨の強い匂いだけがそんな私の総てだった。

それからというもの、雨の匂いを嗅ぐたびにそのときのことを思い出す。彼は今どうしているのだろう、元気だろうか、なんて考えている。

奇妙としか言いようがないこの出会いは、今の私の支えだ。

毎日頑張って頑張って、動けなくなった時、雨が香る場所でもう一度、彼に会いたい。

笑って「頑張っているよ」と報告するために。

赤ちゃん

中村浩子
69歳　主婦　兵庫県

駅のベンチに赤ちゃんを抱いた若い女性が腰掛け、布袋の中のものを探している。

「だっこしましょうか」

彼女は携帯電話を取り出し話しだした。

抱いた赤ちゃんから甘酸っぱい母乳のにおいが鼻先にただよって来た。このにおいは、私の頭の奥から五十六年前の、昭和二十年七月のことを引き出した。

日本の敗戦が八月十五日だから、その一ヵ月半前である。母は助産婦で、そのころは産婆さんと呼ばれていた。私は女学校の一年生だった。

日曜日、私は母について行った。髪の乱れた心細げな若い母親と赤ちゃんは納屋のような所に寝ていた。私達を見て、にこっと笑った。沐浴中、男の赤ちゃんは気持ちがいいのか小便小僧のようにおしっこを飛ばした。

「元気がいい児やね」三人は笑った。

母はおしめを洗濯し「これ梅干ししか入ってないけど」と帰りに持参したおにぎりを渡していた。

わが家も食糧が乏しく日常は団子汁とか野菜のたくさん入った雑炊である。母は「朴さんは主人が徴用されて大阪に行って帰って来ないし、近所付き合いも無いのよ」と云う。

その後日本は戦争に負け世の中は大きく変った。昭和二十一年の五月、あの赤ちゃんのお父さんが、わが家に来た。一年前に赤ちゃんを取り上げてもらった時の礼をまだしていなかった、遅くなり申しわけないと言い、二千円と米一斗がその礼であると云う。一斗とは約十五キロの米である。母は多過ぎるので五百円だけいただくと言っても、彼はどうしてもと置いて帰った。

当時、父は公職追放で無収入である。食糧も乏しかった。母は、こんなにも感謝してもらうほどのことはしていないのに、でも助かったと嬉しそうだった。

「ありがとうございました」携帯電話をかけ終えた母親が赤ちゃんを抱きとった。

母の啖呵

久保田 正子
66歳 無職 東京都

「お待ちっ！」

母の大きな声が聞こえた。

〈子どもは店にきてはいけない〉

と、普段から言われている。だがその時は何か異常を感じて飛んでいった。

料亭を営んでいた我が家は、坪庭を挟んで住まいと店がつながっており、わずか五メートルにも満たない廊下は、子どもたちにとって渡ってはいけない禁断の通路だった。

私は、母の声がした奥の板場に向かって一気に廊下を駆け抜け、入り口からそっと中を覗き込んだ。するとと母は、板場の土間で、右手を帯の胸元に軽く差し込み、やや斜に構えて立っていた。前には角刈り頭のがっしりした大男が向かい合っている。

「いま、お前さんが隠れたその大釜は、うちにとっては大事な商売道具。土足で飛び込まれて黙って帰すわけにはいかないね。きれいに洗っといておくれ。博打の手入れで逃げるのはそっちの勝手だが、こっちにとっちゃあ迷惑なんだよ」

男は近所の香具師の若頭。黙って着物を脱ぐと、真っ白な晒しの腹巻にパッチ姿で釜を洗い出した。左手に水の流れ出るゴムホースを握り、上半身を釜にのめり込ませている男の背中で見事に彫られた昇り龍が生きているように躍動していた。

男は釜を洗い終わると、また黙って着物を羽織り、雪駄を引っ掛けた。そして右手を片手拝みに顔の前に立てると、

「女将、かっちけねえ」

と言い残して、裏の路地へ姿を消した。男の去った板場にはさわやかな水の匂いが溢れていた。

藤本さん

大津仁
55歳　会社員　東京都

「大津さん、いまから行くけどいい？　出先だから、あと二時間はかかるけど……」

電話の軽快な声が私の気分を重くした。

私はデパートの総務担当。店が開けば臨戦態勢。迷子、万引、カード詐欺、ケンカ、病気、事故。突発的な事態が次々と発生する。

営業中は人事や経理の本来業務ができず、帰宅は毎日夜十一時。「今日は平静でありますように……」祈る毎日である。藤本さんの来訪は何故か雑務のピーク時で、優に二時間、私を拘束する。まさに招かれざる客である。

「藤本さん久し振り、遠慮しないで早くいらっしゃい。待ってますからね」私は気持と裏腹な返事をした。

藤本さんが一階の総合案内所へ訪れるのは電話から五分とかからない。彼が言う出先とはいつも店の近くの公衆電話である。

藤本さんは盲目の三十五歳の青年である。

紺の上下のトレーナーで、腰にポシェットを巻き、白杖を右手にやって来る。行先はいつも隣接するショッピング街であり、私の店ではない。私の店ではお体の不自由なお客様へは店内を同行案内する。私の前任者が「他店へのご案内は……」と一言お断りすれば済んだことだが、以来三年もお付き合いが続いている。「今日はケーキ屋さんと、花やさん。そして、郵便局です」彼は私以上にショッピング街を熟知しており、私の右肩へ左手を乗せ、盲導犬へのように私に指図して進む。最後に郵便局につくやポシェットからカードを渡し耳元で囁いた。「信頼しているのは大津さんだけ。私が言う番号を押し四万円降ろして下さい。札は直接私が取ります」彼は札を一枚ずつ四つ折りにして小銭入れに収めるや「どうもありがとう。今日はレモンではなくハーブでしたね」とニヤリと笑った。口に含んだ飴はとっくにバレていた。それも先月のレモンまで。店外とはいえ商人であることを忘れた不遜な私の態度に、彼は鋭い嗅覚で一発返して帰って行った。

父の黒豆

さわべ たかこ
43歳　主婦　大阪府

二年前のクリスマスに、母が急死した。心筋梗塞だった。訃報を聞いて駆けつけた実家のキッチンには、大量の黒豆の袋があった。

白い着物を着せられて静かに横たわっている母の枕元で、父と妹、そして私は、眠れない夜を過ごしていた。突然どうして？という思いで、みんなが無口だった。

「何か、におわへん？」急に妹が立ち上がった。かすかにこうばしい香りがしている。妹と私は、キッチンへ行ってみた。そこにいたのは父だった。父が黒豆を炊いていた。男子厨房に入らずだった父。びっくりしている私たちに「母さんの黒豆、待ってはる人がいるやろ」父は戸惑ったように言った。

黒豆が得意だった母。毎年、たくさんの人からあてにされていた。黒砂糖にしょうがが利いた、少しシワの入った独特の味。

「父さん、もしかして、水につけずにそのまま炊いたの？」特大の鍋の中には、半分以上こげついた黒豆が無残な姿で煮られている。

「これ、水につけるんか？」

「豆は、だいたい一晩、水で戻してから煮るものよ。他に何が入ってんの？」

「黒砂糖としょうがや。水分がなかったから水と醬油も入れたけど……」確かに砂糖と醬油のこげついた香りがしている。おまけに、ぶつ切りのしょうががごろごろ入っていた。

「これ、もうあかんわ。私らに言うてくれたら、もう少しましに煮れたのに……」

「そうか。母さんとの四十年を思ったら、いてもたってもいられんかったんや……」肩を落とした父の背中が小刻みに震えている。母の死を受け止められず、こんな真夜中に黒豆を炊いたのだろう。天国へと旅立ちながら、母はあのこげた香りをかいだのであろうか？

鉄の匂い

若林 紀夫
61歳 無職 三重県

鉄の切りこが旋盤のブーンと云う軽快な音と一緒に天井の蛍光灯の光りを反射させ流れるようなカーブを巻き上げる。バイトの先には黄金色の切削油《せっさくゆ》が流れ落ちる。その切削油を弾き飛ばしながら七色に輝く切りこが宙に舞うように高速で踊る。鉄を削る職長のサブやんにとって陶然としてくる一瞬である。

「うわあー、きれい。金いろ、銀いろ、むらさきいろ、美しい。すてき。おじさん」

素っ頓狂な声をはりあげた娘がいる。

つい最近設計課にコンピューターで図面を描く設計要員として入社をした娘である。図面を引くための確認をしにきたのである。

無我の境地で旋盤を駆っていた職長のサブやんが怒鳴りつけた。

「俺の後ろに立つな」

「…………」

娘は何で叱られたのかキョトンとしている。

「お前の使っている香水かシャンプーの匂いかよう分からんが臭い。そのきつい匂いが俺の勘のじゃまになるんや。早くうしろからどいてくれ、早く」

と怒鳴り散らされた。

サブやんは鉄を最初にバイトで切り込むときに発する匂いで鉄の種類を直感的に判断する事が出来る、削っている鉄の種類が分かるのである。職長サブやんの四十年に渡る技能の蓄積がそれを可能にさせる。


半年後、叱り飛ばされた娘、サブやんのそばで眼を細めながら旋盤に取り付いている。サブやんに弟子入りしたのである。旋盤職人になると言う。職長のサブやんは不精髭の顎をなぜながら思う、今時の娘はよう解らん。

彼女は洗髪や化粧を匂いのしないものに変えたと云う。

「だって、鉄を削るときの匂いを嗅がなくっちゃね」

稲の花

堀米薫
43歳　農業・主婦　宮城県

今年の夏は、涼しかった。あと、一、二度気温が低ければ、深刻な冷害になっただろう。

九年前は、暑い夏だった。お盆に、里帰りしたおじ達を乗せて、私は夜の国道を家に向かって走っていた。冷房がないので、車の窓は全開だ。家の近くに来た時だ。むんとした生ぬるい風と共に、甘い匂いが飛び込んできた。次の瞬間、はっと驚いた。ご飯が炊けるときの、あの匂いである事に気づいたのだ。家に帰ってから、夫に尋ねると、穂の中にできつつある、米の匂いだという。花が咲き受粉を終えると、白い乳のような汁が籾の中にたまる。この時期を、乳熟期と呼ぶ。蒸し暑い空気の中に、汁の匂いが醸し出るという。

次の日、夫は、田んぼに私を連れて行った。田んぼには、稲の花が咲いていた。緑色の穂から白いおしべがこぼれ、かんざしのように風にゆれていた。そこにも、かすかに米の炊けるような匂いがした。花が終わった田んぼでは、役目を終えたおしべが、田の水面を白く染めていた。「稲の花が咲く頃に、稲にたくさん水をやらなきゃいけない。この時期の水を、花水というんだよ」夫はそう言うと稲穂を一本取り、指先で籾をしごいた。乳のような汁が出た。「ほら」と促されてなめると粉っぽい舌触りと、甘い味が広がった。

　次の年は、夏の間、冷たいヤマセと曇天が続いた。一日中、ひぐらしの、切なげな声ばかりが聞こえていた。「このままでは花も咲かないだろう」そんな話も出ていた。収穫も絶望的になると、誰もが思っていた。そして、やはりお盆の頃だった。外気に乗って、かすかに米の香りがしたのだ。思わず、喜びで心が躍った。稲の花は、咲いたのだ。秋の実りはもたらされるのだ。そう確信して、胸一杯に匂いを吸い込んだ。

　それから毎年、そして今年も、お盆の頃になると、稲の花の証を、花の香りをとらえては、心を躍らせている。

梨の香

藤島 恵子
38歳 農業 千葉県

子供が出来ないのは、私の責任だった。

梨栽培の農家に嫁して七年。

『梨ばっかり作ってるから、子供がナシなんだよぉ』近所の心無い冗談が身にしみ出した三十二歳の初夏だった。

ひとり、冷めた遅い昼食を取りながら、問われるまま診断結果を話す私。夫は黙ったままだった。

舅と姑がほぼ同時に口を聞いた。

「じゃあ孫は、一生抱けないって事かい?」

持っていた茶碗と箸をボロボロと落とし、私は一目散に梨畑に走った。

受粉が終わったばかりの梨の木々は、実を付けるために満開の花を咲かせている。今の私が、ひとりになれる唯一の場所が此処しかないとは皮肉な事だ。私は背中を丸めて、声を殺して泣いた。

ふと、人の気配を感じた。夫だった。

夫は、うずくまっている私の背中に近づき、おもむろに帽子を脱いだ。白いつぼのついた、農機具店から貰った作業帽だ。私の頭の上ではっはっと、それを振り回している。

「オイ。スズメバチがいるぞ。刺されたら大変だ」

四方を虫除けネットで囲ったこの場所に、蜂などいるはずも無い。それでも夫は、はっはっと帽子を振り回すのを止めない。

帽子の中には蜂の代わりに、梨の白い花びらが一つ、二つとすくわれていく。

「病院、辛かったか？……ごめんな」

夫が私の背中を包み込むように抱いた。

「あれっ？」

私はふと顔を上げた。

「梨の香りがするよ。梨の花って甘いのね」

結婚以来、梨は私達の生きる糧だった。その糧に、こんなゆとりと優雅さのある事を初めて感じた。

「スズメバチ。どっかに行った？」

私を背中から抱いている夫の腕に、力が入った。

「二人きりだと、梨……、いい香りだな」

スイッチ

阪上玲子
13歳　中学生　兵庫県

私は消臭剤の香りが大好きです。それもピーチの香りです。この間学校のトイレの前を通ると、ピーチの甘い香りがしてきました。私はついピーチの香りがするトイレへ入ってにおいました。なんだかずっとにおっているとその消臭剤が食べたくなってしまいました。それにあの甘い香りの中にいると少しおじょう様気分になりました。自分の部屋もピーチの香りをしていればいいのにな。

それともう一つ私の大好きな香りがあります。

それはステーキです。ステーキは香りも好きだけど、やっぱり食べる方が大好きです。家の近くにステーキ屋さんがあります。学校の帰り道いつも楽しみにしています。ステーキ屋さんの前を通る時、私は犬のように鼻をクンクンさせてかん気せんから出てくるステーキのにおいをにおっています。でもにおいがするのは二、三メートルぐらいなので、終るとがっかりします。他にも夜になると、色々な家から肉のにおいがするとまたクンクンとにおいます。このにおいも自分の部屋のにおいだといいのにな。でもステーキとピーチのにおいが一緒ににおうと変なにおいになって、きらいになりそうだから、「ステーキ」「ピーチ」とかいたスイッチがあって、自分の気分しだいでにおいが変えられるようになっていたらいいのにな。

母の決心

神山 文裕

去る二月二十八日に銀さんに一日遅れで私の母が百三歳の生涯を閉じた。

一世紀に加えて三年の人生に悔いは無く、先立った連れ合いの許へと喜んで逝った。

仏壇に手を合わすと、線香の香と共にあの時の思い出が身を包む。昭和十九年十月十日は沖縄県那覇市が空爆によって壊滅した日である。当時十二歳だった私は機銃掃射を浴びながら母の後ろ姿を目印に、息も切れぎれに死に物狂いで逃げ回った。

低空してくるグラマンの爆音を聞き分け、身に危険を感じたら母が道端の草むらに這う。溝の中に身を隠す。その母のしぐさをなぞるように草むらに潜った。兄弟姉妹六人が一緒に逃げた筈なのに、ただ母の後ろ姿しか記憶に無い。母の背には乳飲み子の弟が背負われていた。郊外の亀甲墓の中に身を寄せ空襲を凌いだ。周りには厨子瓶が置かれていた。どこのご先祖さんの遺骨かは分からない。この一日で那覇市は壊滅し、多くの罪無き市民が戦争に巻き込まれた。その二ヶ月程前の蒸し暑い夏の夜、私は学童疎開のため乗船するようにとの連絡を受け家を出た。男の子が、一人生き残れば家系はつながると考え、父が私の疎開を決めた。船の動静は軍事機密のため出港真際の連絡だった。

そして悪石島の沖で敵の潜水艦によって学童を乗せた船は沈められた。乗ったはずの船に私は乗っていなかった。私の乗船を阻んだのは母だった。独り生き残って苦労させたく無い、死ぬ時は親子皆一緒と母は考え、私を船から降ろしたのだ。疎開船対馬丸慰霊の碑には久茂地《くもじ》国民学校の友の名が列び刻まれている。あの夜、父に背いた母の決心のおかげで、私は六十八歳の人生を今謳歌している。平和な世を人類共通の世界遺産として残したいと願う今日だ。逃げる時、目印にした母の背中が今もはっきりと見える。この想いが、細く立ちのぼる線香の香りの中に漂っている。

（69歳　無職　大阪府）

蔵書印

石原 敬三

義母の遺影の横に感謝状が一枚掲げてある。

「永年、町の名工として技能の練磨に励まれ……」と、生涯のほとんどを印彫りとして過ごした義父を称えている。

　義父は、そんな器じゃないと迷惑そうだったが、私と妻が無理に飾ったものである。

　十二歳で見習い奉公に入り、以来、病気で仕事を罷《や》めるまでの七十年間、印房の小机の前に座って無駄口一つ叩くこともなく、ひたすら彫り続けた姿は少なくとも家族にとっては賞賛に値するものだった。

　ペースメーカーを入れて不整脈は治まったものの、その後、腰椎を痛め、ここ六年間は寝たきりである。ただ、介助してやればベッドに座って食事をしたり、新聞を読んだりする。九十歳を超えたが、記憶力や判断力は衰えていない。

　その義父が、一月ほど前に私に蔵書印を彫ってやろうと言い出した。たまたま私が薦めた時代小説に押してあった私の認印を見て、似つかわしくないと思ったようだ。

　朝食を終えると、ベッドに新聞紙を広げる。俎板状の板を股の上に置き、これも職人時代の思い出の詰まった菓子箱から適当な印材と彫刻刀を取り出すと、毎日少しずつ彫り進めて行った。

　十年のブランクは大きいらしい。視力も体力も劣ってきている。特に細い線を浮かすのには苦労したようである。

「これで勘弁してくれや。やっぱし、年には勝てんなあ」。

　寂しそうに苦笑しながら渡してくれた蔵書印は私には勿体ないものだった。押すにふさわしい蔵書など持ち合わせていないのも気恥ずかしかった。

　それでも、私は義父から譲り受けた肉池と、この頃買った小説を持ってきた。義父は二つ、三つ試し押しをしてから、本の裏表紙に注意深く押印した。鮮やかな朱色だった。同時に、その深い香りが室内を満たしていった。

（67歳　無職　北海道）

ウオッカ

武藤 義昭

「ダワイ、ダワイ」

　ロシア人の男の子が二人、僕と勇君に向かってゴム銃を構えている。僕達の輪回しの道具を取り上げようとしているのだ。そのゴム銃だって、三日前に取られたものなのだ。

　僕達は戦争に敗けた時、ピョンヤンの陸軍官舎にいた。父が陸軍経理部の軍属だったのだ。経理部の意見は分かれたらしい。父達は
「ソ連とは戦争してから、一月も経っていない。暫く様子をみた方がいい」

とピョンヤン郊外にある元陸軍看護婦の寮に疎開した。その予想は外れた。ソ連兵から掠奪を受けた。隠れて聞く六球スーパーラジオには、内地の放送が入り、「リンゴの歌」が明るく響いたのだ。

　やがて、掠奪はなくなり、父母達はソ連兵の軍服を洗濯して生活をしていた。近くの陸軍病院官舎には、ソ連軍将校の家族が入り、二人の男の子はその家族であった。

　僕達は逃げた。ゴム銃の小石がかすめた。行く手にソ連の下級将校が出て来た。いつも酔っていて、外に怒鳴っている恐い老人だ。僕達は捕まった。半泣きになった。老将校は逃げていた二人の男の子を呼び戻した。

　老将校は僕の片手をとり
「ヤポンスキー」

　勇の片手をその上に重ねて
「カレースキー」

　ロシアの一人の子の片手をその上に重ねて
「ロスキー」

　もう一人の子の片手を重ねて
「アメリカンスキー」

と言って、僕のもう一つの片手を重ねて、なんとかスキーと言って、それを続けた。

「ポニマーユ？」

　老将校はウインクした。アルコールの臭いがした。僕には世界中が仲良くするということが分かった。そういう考え方もあったのだ。僕は頷きながら、涙がとまらなかった。

　僕が国民学校四年の冬のことである。


（66歳　無職　福岡県）

夜香樹の思い出

高松 祐一

紛れもない。どこからか懐かしいあの甘い香りが漂って来る。夜香樹だ。漆黒の闇を探って、私は珊瑚礁の石垣の中にその花を見つけた。爪楊枝ほどの萼筒の先端の、金平糖の四半分もない星形の無数の花びらを反らせて、その潅木はむせかえるような芳香を吐き出している。ここ初夏の沖縄竹富島は、私に熱帯のビルマを彷彿させた。

兄眠る墓地に咲くとふ夜香樹を見たしと
言ふ母にビルマは遠し

県境の町に住むMさんのこの短歌を新聞の歌壇で見て、私は、夜香樹を入手する方法があると手紙を出し、これは、二十三歳で戦死した兄上と今年八十歳になる母上を詠んだ歌だという事情を知った。以前に取り寄せた広島県の農園に再送を依頼したところ、間もなく二鉢の苗木が送られて来た。Yさんというその農園主もまた学徒動員で中国戦線に駆り出され辛うじて生還したそうで、代金はいらない、寒い北関東では温度に気を配って育ててほしいと書き添えてあった。そこで、経験者の私と一鉢ずつ分けて育てることにした。Mさんは、奥さんが勤務している高校の温室に委託するということであった。

ともに最初の冬を無事越した翌年の七月十日夜七時ごろ、たった一つ付いたMさん方の夜香樹の蕾が開き、甘い香りが漂い出した。三日目になると勢いがなくなったので、母上は花を摘んで小皿に移し、息子が好きだった牛乳を垂らしたところ再び香りを放ち、翌朝、牛乳はすっかり無くなっていたという。よほど喉が渇いて死んだのねと母上は涙をこぼされたそうな。それから夜香樹は毎夏花を咲かせ、芳香を届けて母上を慰めたが、不思議なことに、十二年後、母上が九十三歳で亡くなられたとたん枯れてしまったという。私のはもっと前に、寒さを凌ぐことが出来なかった。

夜香樹の芳香を胸いっぱいに吸い込みながら、私は母上のついに訪《おとな》われることの無かった、かのビルマの墓地を思った。

（63歳　大学講師　栃木県）

扉の中から

波多野 いと子

観光バスは、きょうも旅にでた。

全国それぞれの行く先に、旅人の思いを乗せて走ってゆく。私も笑顔でマイクを持った。

お客さまの前に立つと、すべての目が私に注がれるのがわかる。出発してしばらくはまだ、お客さまに何となく緊張があった。

「ガイドは私、白雪姫……」笑い声が起こるとピンとした空気がフワッとなった。

よかったぁ。まずはお客さまに笑顔がでること。それが、旅を楽しんでいただける第一歩だと思う。バスは古都へ向かって走った。

窓の外を景色が流れ、景色が変わり、やがて目的地に到着。古い都で幾つかの名所旧蹟をたどる。見学したり休憩所には名産品を扱った店もあって、お客様の顔も自然と笑みがこぼれてくる。

そんな店の、とある一軒の建物へと案内させていただく。右手に旗をあげた私が先頭に立って歩いた。だが颯爽とは言い難い。

その時、扉の中から漂ってきたいい匂いにハッとすることがあった。この香り！

途端に一人の婦人が脳裏にうかんだ。あれはいつの日だったろう。ちょうど今日のようにたくさんの女性客がいらしたなぁ。

その中でひとり、お喋りもせず時々の淋しそうな顔が気にはなっていた、あのひと。

お客さまを待つ私の傍にそっと立ち、可愛らしい匂い袋を見せていわれたひと言。

「お空の主人にみやげなんです。これっ」

あの時の言葉が鮮明によみがえってくる。

あれは、とびきりの笑顔だった　本当に。

今も一人で旅をしておられるのだろうか
お客さまのあとから私も扉の中へはいった。たくさんの名産品がならんでいる。香りは、その一角にある線香や匂い袋からだった。

あの人にお目にかかれたら、渡してあげたい。いつかどこかで……

わたしも同じ香りの袋を探しはじめていた。


（53歳　バスガイド　岐阜県）

炭鉱（ヤマ）の男

椋露地 淳市

お昼ちょっと前、ドンドンドンと階段を上がる音とともにその日もビニール袋ひとつ下げ、Nさんは並びの悪い歯をにこっと見せながら将棋クラブに入ってきた。三十年近く長崎の池島炭鉱で働き、定年まで勤め上げて里に帰り、大好きな将棋が思う存分指せるようになったのだ。決して大柄な体つきではないのだが圧倒的な存在感を示すのは、たくましい腕と精悍な顔つきからくるものだった。

一、二局将棋を指すとNさんは、持参した弁当を食べながらカップ入りの焼酎を、幸せこの上ない、という表情でちびちびと飲んでいた。

去年暮れのある日、いつもと同じ足取りで元気よくクラブに入ってきたNさんだったが、数局指して急に具合が悪くなり、駆けつけた救急車で病院へと運ばれた。そして、数時間ともたずにそのまま帰らぬ人となったのだ。脳梗塞だったという。

奥さん手作りの広げた弁当からは、いつもしゃけとのりのにおいが漂っていた。それに温めた芋焼酎の香りと、Nさんの体全体から発せられるヤマの男のにおいがマッチして、独持の雰囲気を作っていた。

ビニール袋に入れられたまま、手のついてない弁当とワンカップ焼酎。海底深く伸びた坑道を掘り進み、きつかったろうなあ。炭鉱一筋、働くだけ働いて、さあこれから人生を楽しむぞというときに、なんで死んでしまったんや。愛用の将棋駒と木製の弁当箱が天国へお供。死に顔は最後まで微笑んでいるように見えた。

佐世保の海が見渡せる墓に焼酎をあげながら、Nさんの人生はなんだったんだろうか、と思う。耳元を過ぎる風に交じり「後悔はしとらん！　幸せやった。おまえもがんばれ」と聞こえたような気がした。

池島炭鉱も今年でついに閉山。炭鉱はなくなっても、私はNさんのことを生涯忘れることはないだろう。

（45歳　有田焼卸・将棋観戦記者　佐賀県）

シャンプーの香り

川上美春

「嫁だから言うのんか」私の中の夜叉は、憎まれ口をたたく老女の頭を激しく殴る。図らずも、姑の髪からシャンプーの香りが立ち上った。甘く優しい匂いだった。

婚家に入ってからの六年は戦いであった。慣れない家業の手伝いに、食も細くなり、眠れない日々が続く。きつかったのは義母の言葉。激情に任せて、口汚く罵る。良い嫁であろうと努力の果てに得たものは、労りではなく、罵倒であった。やはり、義理の仲では真の家族になれないと、安らぎを求めて幾度となく実家に帰る。逃げようと夜の街を彷徨《さまよ》ったこともある。「そういう人なんだから気にしちゃダメよ」という実母の諭しにも「ほっとけ」という夫の忠告にも、やがて、心が受けつけず、夜叉となって爆発していた。

姑は家を出るという。心安らげる実娘の家に行くと言う。もう一生会うことはない。二度と罵られたり、憎まれ口をたたかれなくてもいいと、内心ホッとした。明日からは、夫と子どもだけの穏やかな暮らしが待っている。でも……。義母がここで平穏に過せないのは何故なのだろうか。

不意に、自分の髪からシャンプーの匂いがしてきた。ああ、彼女とは同じ仕事に精を出して、同じものを食べて、同じく優しい香りのする石けんを使っていたのに、なんでもっと柔らかく接してあげられなかったのだろうか。ただ、口だけが達者な年寄りというのに。口汚さに怖れをなして、仲間はずれにしたのは私のほうだった。勝手な嫁意識を持って、自分を固く縛りつけていた。

夜叉が消え、すまないという気持ちが一杯になると、自然と頭《こうべ》を垂れた。

「ごめんな、痛かったやろ。お願いや、出て行かんといて、お母さん」

母は家に居る。口汚さは相変らずだが、腹がたっても二度と夜叉にはならない。本当の家族になりたいと思う願いがあるから。

（43歳　家業手伝い　大阪府）

心のベースノート

野上有紀子

「なんだかここ落ち着くのよねー」。

「ここに居るとほっとするんだよ」。

寿司屋を始めて一年半。

私たち夫婦はこのひとことをききたいがためにやっているフシがある。

〝おいしかった〟といわれるのも嬉しいけれど、やっぱり〝ゆっくりできた〟といわれたい。そんな、ゆるゆるとした空気感を大切にしたいと日々考えている。

空気感は全身で感じる香りだと思う。匂いはない。香らない香り。飽きのこない香り。α波が滲み出てくる香り。

私はこれを心のベースノートと名付けた。

アロマオイルには三つのタイプがあるという。揮発性の高い順にトップノート・ミドルノート・ベースノートといい、混ぜてあたためるとまずトップが香り、そしてミドル、しばらくするとベースがきて、実に奥深い香りになるらしい。

それを寿司屋にたとえるならば。

トップノートは穴子の炙った香りか、イカゲソを焼いた煙の匂いか。

ミドルノートは握りをほおばったときの、シャリの甘い香りか、お茶を口に含んだときの鼻から抜ける香りか。

そしてベースノートは。無味無臭だが、しっかりとした透明な空気たち。空気感。

これが少しでも完璧でないと、せっかくの穴子も握りも台無しになってしまう。

空気感を愉しむために香らない香りに心を配る。ほこりも多いと香りは愉しめない。

日々、店の掃除をしながら、また、花を活けながら、そんなことを考えている。

心のベースノート、保ちつづけたい。


（33歳　自営業　東京都）

キンモクセイ

谷 真琴

職探しは簡単ではなかった。疲れが体にこびりついてなかなか落ちない。ストレスで体重は落ちたが、気合いだけは忘れず持参し、毎日三〜四社の面接をこなす。交通費もかさみ、金銭的にも窮地に追い込まれていた。大学四年の秋である。

あれほど躍起になることもなかった、と今になれば思う。しかし、あの頃は必死だった。「職が欲しかった」わけではない。それよりも、「私を認めて欲しい」という渇望が先立っていた。何十回も「企業」という得体の知れない相手に振られ続けた日々は、心の深い所に「自分は必要とされていないのか」という焦りを植え付けていたのだった。

その日も私は、スーツ姿で夜道を歩いていた。先ほど受けた第一志望の企業の最終面接不合格の知らせを思い出していた。白く光る月を見ていたら、じわっと涙が滲んだ。

と、突然風に乗って、ふ……、と微かな芳香が私の鼻をかすめた。甘く、優しい香りに、思わず足を止める。隣家の垣根に咲く鮮やかな金色の粒……金木犀だった。指先でそっと触れると、花がはらはらと葉の間を転がるようにして落ちていった。その瞬間、ふわあっと甘い霧の微粒子が一斉に私をとりまいた。

「あ……」

思わず目を閉じ、香りの霧に身を浸す。嘘のように心が静まる。私は手に金木犀をのせ、まじまじと見つめた。子供の粘土細工のような、ぽってりとした感触。一つ一つは小指の爪の先ほどの儚い花である。この小さな体のどこに、人々を立ち止まらせるほどの力を秘めているのか。この季節がくるまで、この垣根の存在など気づきもしなかったのに……。

金木犀は風向き次第では一キロ遠くにいてさえ香るという。今は誰にも振り向いてもらえないけれど、いつか私にも、通る人を立ち止まらせ、振り向かせる魅力を持つときが来るはず……。掌を鼻に押し当てると、ほのかな残り香がし、甘く心を染めていった。

（24歳　会社員　大阪府）

革新を積み重ねるきびしさと
その果てに香る伝統

二〇〇二年はJポップシンガーの歌うアメリカ歌曲「大きな古時計」が大ヒットしました。
二〇〇〇年問題は解決し、二十一世紀は時を刻んでいるのに、二十世紀の前に止まってしまった
「百年いつも動いていた時計」は、なぜ動き出したかのように人々の心に響いたのでしょう。
二十世紀までの伝統と二十一世紀に求められる革新の間でゆらぐ、人々の気持ちの表れでしょうか。
「日本の香文化」の担い手である畑正高実行委員長は
「革新」に対して軽く楽しいイメージで捉える傾向に異議を唱えました。
伝統は革新の積み重ねを経て築かれるものであり「革新は、重く深く厳しいものだと認識し、
常に真剣勝負を覚悟すべきもののようです」（作品集『かおり風景』）と。
藤本義一審査委員長は、二十代の頃、自らが目指す仕事を得るために作った〝呪文〟「アイウエオ憲法」を披露。
「アイディア、インターレスト（興味）、ウォーク（行動・取材）、
エキサイティング（燃える）、オーナーズ・シップ（おれがやったという実感）」。
革新から伝統を生み出す若々しい信念ともいえそうです。

2002

第18回［香・大賞］入賞作品

二〇〇二年募集・二〇〇三年発表

ほのかに語る白檀《びゃくだん》

舘野 智子
38歳 会社員 富山県

夜十一時過ぎ。仕事を終えてマンションに帰った。寝室では夫と四歳になる長男が寝息を立てている。眠りにつく直前まで遊んでいたのだろう。明かりが付いたままの居間は、機関車トーマスのビデオが流れ、プラレールやおもちゃが散乱している。まず何より先に、部屋をきれいにしないと落ち着かない。ビデオを止め、線路を解体しながらおもちゃ箱に返していく。私が母親に戻る儀式だ。

片づけ終えたら、寝相の良くない長男の様子を見るために寝室へ向かう。案の定、長男はふとんをはねのけ、海老のように体を反り返らせている。さすがは親子、隣にいる夫もよく似た格好。長男を毛布にくるんだら、無邪気な寝顔にほおずりしてみる。軟らかい巻き毛からほのかに白檀の香り。「ああ、今日は仏壇に手を合わせたんだねー」。疲れ切った体と心がじわーっと温かくなる。

私はフルタイムで働いている。しかも、勤務時間が不規則で帰宅は午後十時を回ってしまうことが多い。保育所が終わる夕方から夫が迎えに行く夜九時ごろまで、長男は私の実家で過ごす。父は信心深い人で毎日朝と晩の二回、仏壇の前に座ることを欠かさない。母はもちろん、私も弟も幼いころからことあるごとに御先祖さまと対話してきた。特に私は父方の祖母に可愛がられたため、亡くなって二十年以上経つ今も、仏壇の上に飾られた祖母の写真を見つめては我が身を振り返る。祖母が生きるよりどころなのだ。

生後八ヶ月から実家で育てられている長男もいつの間にか、見よう見まねで仏壇の鈴を打つようになった。正信偈《しょうしんげ》を唱える父の後ろに、母と一緒に座って目をつぶっていることもある。子供だから毎日は無理だろう。でも、髪の毛から線香のにおいがする日は、間違いなく仏間に足を踏み入れているはずだ。

寝室で白檀の香りをかぐたびに長男に語りかけていることがある。

「大きな力に守られていると信じて強く生きてほしい」と。

温《ぬく》もり

阿部　英子
51歳　主婦　静岡県

足の治療を残したまま退院した日の晩、私は夫と一緒に風呂に入った。風呂場へ行くと、脱衣場にはストーブが置いてあり、風呂場には、入院する前にはなかった手すりがついていた。ふたを開けると、湯気が立ち上った。夫と風呂に入るのは初めてだ。手術のあとがおなかに残っている私のやせた体。夫も少しやせたように思った。湯船の中で、夫と向い合う。入院生活や子どもたちのことをいっぱい話したいのに、言葉がでない。ほどよく体が温まった頃「体を洗おうか」夫が言った。洗い場で夫はタオルに石けんをつけて私の首、肩、背中をそっとこすってくれた。入院中は、シャワーで洗い流すだけだった。石けんの香りが懐しい。

ふと、私は亡き母が病院から、最後の外泊をした日のことを思い出した。明日、病院へ戻るという晩、父と母は二人で風呂に入った。出るのが遅いので、心配になって様子を見に行くと、洗い場で父が母の体を、石けんで洗っていた。母を病院へ迎えに行く朝、柿の木の下で「母さんの命が、あと一ヶ月だって、先生が言っていた。戦争中のどんな時よりも、今が一番つらい」と、泣いた父が、母の体をいとおしそうに洗っていた。母は苦しいのか体を少し前かがみにして、すべてを父にまかせているふうにみえた。

母の白い肌が美しい。

今、あの時の母の気持ちがせつないほどにわかる。

「もういいかな、石けんを流すよ」背中から夫の声がした。「あなた、私、母さんより長生きできるだろうか」突然の私の言葉に、一瞬、夫の手が止まったような気がした。「何言ってるんだ。足の手術をすれば、元気になるって、先生が言ってたろ」夫は、はっきりした声で言った。

雨の道を

立石千鶴
41歳　会社員　大阪府

外は雨。

家の中では一八〇センチを越えた大きな高一の息子が、時間を持て余して昼寝をしている。

（今日で四十日かあ……）

カレンダーを眼で数えた。あの日以来――息子は家にいる。

何が彼の中で溜まっていたのか、何が彼をそうさせたのか、歯止めの壊れた息子は学校で突然大暴れした。

停学。翌週から旅立つはずだった海外研修旅行もやめるよう言い渡された。息子は泣きながら家でも家具を倒し壁に穴を開けた。

それからの彼は夜遊び、自動車と接触事故、わたしはそのたびに右へ左へ。謝り、心配し、後処理をした。

「うるさいッ、ええやん」

息子の言葉は刺《とげ》を持ち、捨て鉢だった。

本心ではないとわかっている。

(なんでこんな日が……)

制服の子とその母親が笑いながら歩いている。ついこの間までは、わたしと息子もあの日常の中にいたのに。遠い世界のようだ。

これまでの息子とのやりとりが頭をめぐり、自分を責めた。鬱憤を暴力でしか出せない息子の幼さが不憫でもあったが憎みもした。

買物に行こうと寝入っている息子をのぞいた。つぶった目蓋は赤ちゃんの頃と変わらずふっくらしていた。薄く眼を開けた息子に、行ってくるねと声をかけると、うん、と素直な返事が返ってきた。

傘をさして外へ出た。風景が雨でけむっている。

(そうだ、こんな雨の道を)

小さいあの子の雨がっぱのボタンを、かがんでとめてあげたよね。

ふたりで手をつないで、歩いたよね。雨の匂いをかぎながら、ゆっくり、ゆっくり。

あの子が道を迷っているのなら、もう一度、つきあってみよう。

あの頃のあたたかい笑顔で——。

ウメさんの糠漬

山口 郁美
72歳 無職 奈良県

近所のタバコ屋のウメさんは、一人暮らしで八十二歳だが、まだまだ元気である。私がウメさんと顔なじみになってから十年もたった頃だろうか。私は親友の商売の保証人になっていたが、その友人が倒産、私も多額の保証のために連鎖倒産し、町工場を失った。極貧生活に陥ったが、タバコだけはウメさんの店で買い続けた。

そして私は、時にはウメさんに人生の情なさを愚痴ることがあった。すると心の温かいウメさんは、私を店の土間の長椅子に座らせ、奥から一升びんを持ち出してきて、私にコップ酒を一、二杯ついでくれた。自分も一杯ほどのコップ酒を飲みながら「あんたの人生、まだこれからや」と慰めてくれた。コップ酒の肴に、ウメさんは自分で漬けた茄子、胡瓜、白菜などの糠漬を出してくれたが、スーパーなどの漬物とは違って、なんとも昔懐しい田舎の糠漬の香りだった。

その後、私は再び町工場を始める資金もなく、ビルの警備などの職を転々としたが、再起への希望がなく、ふと、自殺を考えることがあった。そしてある日、またウメさんのところでコップ酒と糠漬をご馳走になったが、突然、ウメさんが、

「ひょっとして、あんた自分だけ死ぬことを考えているんじゃないのかい。そうだったら病気で寝ている奥さんはどうなるんだい。あんたが死ぬのはいいんだよ。だけど病気の奥さんまで死なせたら、あんたはもう鬼だね。それはないよ。あんたも男だろ、もう一度死ぬ気で働きなよ」

と言った。ウメさんも泣いていた。その日ばかりは、ウメさんの言葉が胸を刺した。

その後、私は町工場の再起はできなかったが、ある職をみつけて七十歳まで働いた。今は妻の病も癒えて、貧しくとも穏かな日々である。相変わらずウメさんのコップ酒と糠漬をご馳走になるが、私はもう愚痴はこぼさない。ウメさんは私の人生の恩人である、あの糠漬の香りとともに——。

週末課

内藤 小枝美
28歳 自由業 福井県

ある日曜の朝。どんより雨。窓から差し込む光は薄暗く、レースカーテン越しには窓をたたきつけた直後の雨の雫が見える。こもった雨音が部屋で静かに鳴り響く。私は「私の一番好きな時間」の到来に天候とは裏腹に微笑んでみる。温かいミルクティーと、しっとりとやわらかい旋律のボサノヴァ音楽。そして、雨の日曜の午後を謳歌するためにはあとひとつ、用意しなくてはいけないものがある。私はアンティーク調の丸テーブルにかけられたテーブルクロスを捲り上げ、下から小箱を取り出す。まるで、小さな子供がママに見つからないようにそっとしまっていた宝箱を取り出すように。小箱を開けて、きちんと並んだ十本のシリンダーガラスを覗き込む。「本日の一香《いっこう》」を選ぶ。白檀《びゃくだん》。落ち着いた気分で考え事をしたい時はいつもこれだ。私は、お香から静かに立ち上る煙を見つめる。雨音とボサノヴァと白檀の香りをBGMに。過去を回想し、未来を空想し、そして「今」を実感する。静かな私だけの時間、束の間の現実飛行。

私の「日課」ならぬ「週末課」、その時の気分でお香を「選ぶ、焚く、聞く」。そんな一見単純に見える行為が、世の体裁を気にして生きにくくなった自分を癒し、自由へと解放させてくれる。自分が蘇生するための儀式、と言ったら言い過ぎになるというのなら、神聖な娯楽とでも言おうか。それ以外にも、お香の色、煙の流れ、灰の崩れ具合などを観察する事で、自然の内なる美意識を発見し、感嘆し、モノとの関わりの中で自分の芸術センスや感性が磨かれているような錯覚を感じるのも楽しい。豊かな心と、穏やかな表情が特典としてついてくるとなれば楽しきことこの上ない。お香は、関われば関わる程奥の深い、私の愛すべきライフアイテムなのだ。

そして私は今日も、そっと丸テーブルの宝箱を取り出す。

海の香り、陸の香り

田中稔彦
34歳　舞台照明家　東京都

例えば、コンクリートむき出しの岸壁に一列に漁船が繋がれている港町を訪ねたとする。もしくは、シーズンオフで砂浜がやけに広く見えるような海水浴場を歩いているとする。そんな時、海からの風に乗って独特の香りを感じる。潮の匂い。磯の香。様々な言葉で言い慣わされた、誰もが知っている香り。

生臭くて好きになれないという人もいれば、海の存在を近く感じて心踊る人もいる。けれど共通していることは、全ての人にとってそれはまぎれもない「海」の香りだということ。

ぼくは海で暮らしていたことがある。

大西洋を西から東へ横断する帆船レースに参加したぼくは、三本マストの帆船の船上で、乗り組員として一か月を過ごした。

カナダのハリファックスから航海が始まると、もう陸影を見ることはなかった。ちょっとした嵐にぶつかったりもしたし、夏の明るい太陽の下で穏やかに過ぎた日々もあった。

舵を取り、マストに登り、風をにらんで帆を調整した。船体の錆を落としてペンキを塗り直し、軋む滑車にオイルを差したりもした。

長いレースが終って船はオランダの港に入ろうとした。ぼくはデッキから一月ぶりの陸地を眺めていた。防波堤で人々が手を振っていた。砂浜に海水浴客たちが寝そべっていた。

その時、不意に何かがぼくの鼻孔をくすぐった。すっかり忘れていた濃厚な香り。見渡す限り海しか見えなかった航海の間には、一度も感じたことのなかったあの香り。

同乗していた船乗りさんが教えてくれた。

海の男はそれを陸の香りと呼ぶのだ、と。

海と陸とが出会う波打ち際や岩場からその香りは生まれる。だから陸から海を眺める人が海の香りと呼ぶものは、海から陸へ帰ろうとする人にとっては、待ち焦がれた陸地に近付いたことを教えてくれるものなのだ、と。

海で一月暮らした後のぼくにとって、オランダで再会したその香りは、再会した陸地から届けられた「おかえり」のあいさつだった。

パセリ

たまきじゅんいち
62歳　弁当惣菜業　兵庫県

「くれぐれも、そそうの無いよう頼むぞ」コック長の一言に新開店の調理場にぴりぴりとした空気が張りつめる。「見習い！　肝つぶすなよ」名前をろくすっぽ呼ばれないまま、見習いの一言で片付けられて、すっかり縮み上がってる私。東京へ初めて出て来て見つけた働き口が、この四谷にあるレストランだ。昨日から開店準備に追われ一睡《すい》もしてないのに疲れがまったくない。それもそのはず招待客でやってくる人物がとてつもない人だからだ。恐らく東京で私がまのあたりにする有名人第一号になるからだ。「私は何をすればいいですか」「おっ、そうさな。それじゃ、丁度似合の奴、やってもらおうか」どさっとコック長から目の前に置かれた物は、何とパセリの山だ。「いいか、こいつをカッコ良くちぎって皿に盛りつけてくれるか」。シャキリとしたパセリのいい香りが鼻につんとくる。「じゃ、始めるとするか」コック長の一声に、手元ぶるぶるふるわせながらパセリを、体、中折れにして身構えながら盛りつける私。「ジャイアント馬場さんのお越しです」オーナーのかん高い声に思わず店の入口に目をやると、野球界からプロレス界に転向の馬場さんが、動く東京タワーのように体を動かせて現れた。これを機にして調理場はまさに戦場だ。ど素人の私をふくめて、たった三人がかりでメニュー作りに追われるものだから息つくひまもなし。「見習い！　おまえの盛りつけたパセリ、うまそうに馬場さんがパクついているよ」「あ、本当だ」この東京初仕事が勲章とばかり、明け方近く、実家に手紙を書く。パセリ盛りつけ一点張りの指が小踊りしてる。もう四十年以上にもなるあの日の出来事。パセリ盛り付けでスタートした食いもの修業。こいつのおかげで六十二歳になった今も弁当惣菜屋で曲りなりにも人並みに飯にありつけてきたことを思えば、まさにパセリ様々である。食い物修業でどれだけパセリを手にしたことか。でもあの日のパセリ程、強烈な香りを放ったものはない。

そまびと

杉本　憲弘
17歳　高校生　奈良県

山から降りて来た雨が、だんだん激しくなってきた。ぼくは仕事場の外の壁に立て並べてある檜たちにシートをかぶせている。雨に濡れると、銘木として落第してしまうのだ。降りかかった雨のせいで、あの香りは止まってしまった。どっしりと前を向いて立ち並ぶ木には、親父に似た威圧感がある。頑固にまっすぐ生きる木のように。こんな風にもう一度親父に立ってほしい。

高三の冬、親父と大分もめた。ぼくはダンサーになるべく、専門学校に行きたいと言ったのに、父は「あかん」としか言わない。この村でそまびと（木こり）として一人息子のぼくを育てて来てくれた父の気もちは分かる。そまびとを継がせたいのだ。でも息子の夢を決めてしまう父親は失格だ。ぼくは勝手にキレて、このような事を、ありったけの罵声と一緒に浴びせて家を出た。

——おれも木ィ登りたい。

——そうかそうか。もうちょい大きくなったら教えたる。将来はお前もそまびとやなあ。

本当にそまびとに憧れた。木を切ったり、けずったり、ひょいと登っていって枝打ちをする姿は本当にかっこいいと思った。でも、こんなヘンピな村で小さく生きるよりは、ダンサーになる方がぼくらしいと思ったのだ。親父の毎朝作るマズいみそ汁には、仕事着から振り落ちた木くずが入っていた。檜の味がするみそ汁を飲んでぼくは大きくなった。親父の横に坐ると、檜の香りがする。五十年間木と対話してそまびとをやってきた、いぶし銀の、重い香りだ。節くれた手からは、雨風に負けじとふんばる木の生命が宿っている。

ぼくは家を出て一ヶ月した後、家に帰ってみた。親父は木から落ちて入院した。「わしも年やなあ」。親父は思うように動かなくなった足をもみながら、親不孝息子を前にして目を合わさず言った。「好きにしたらエエ」。

差し込む朝陽を吸って檜の香りがぼくを包んでゆく。「オレ決めた」。親父は黙ってうなづいた。

白樺シロップ

樫原とし子

「あぁ……。せめて最後のコーヒーぐらい、砂糖をたっぷり入れてのみたいものだわ」

私は思わず溜め息を洩らしてしまいました。缶に入れたコーヒー豆が残りわずかとなった時のことです。

それは太平洋戦争末期のことでした。その頃、砂糖の輸入が完全にストップ。そのうえハチミツや水飴などの甘味料も、ことごとく市場から姿を消しておりました。

たまに見る夢といったら、羊羹にかぶりついたり、蜜豆を貪《むさぼ》り食うシーンばかり。まさに〝甘味欠乏症〟に陥っていたわけです。

私の嘆きを聞いて、夫も同感だったらしく、何やら考え込んでおりましたが、翌日、さっそく実行に移しました。

夫は私を連れて、裏山ふかく分け入ると、白樺の幹へ、持参のボルトをねじ込み、穴をあけました。そして穴の中へU字管を差し込み、その端に、きれいに洗ったブリキ缶を掛けました。

するとほどなく、U字管を伝わって、樹液が流れ出し、ブリキ缶にぽたぽたと滴り落ち始めたではありませんか。

そうやって集めた樹液を大釜のなかに入れ、ゆっくりと煮詰めました。

煮詰まるにつれ、無色透明だった樹液が、ほのかに色付き出し、香ばしい匂いを放ち始めました。

しかも三十分の一ほど煮詰めた液を、スプーンですくって舐めてみると、意想外に上品な甘さです。

私は夫と共に、煮詰めた樹液を、嬉々として瓶に詰めました。

さて白樺シロップが完成すると、夫は最後に残ったコーヒー豆を碾《ひ》き、熱いコーヒーを淹《い》れてくれました。そのコーヒーカップに、白樺シロップをたっぷり入れたことは言うまでもありません。

あのときの匂い立つ香ばしき、舌ふかく泌み込んだ甘さは、半世紀余り過ぎた今でも、折に触れて懐かしく思い出されます。

（80歳　主婦　北海道）

花束

伊藤 文夫

過日、四十年間のサラリーマン生活を終えた。特に長距離通勤は容易なことではなかった。読書をしたり、窓外の景色を俳句にしたりして辛い時間をやり過ごした。でも、最も時間を忘れさせてくれたのは周りの乗客を観察することだった。身なりや仕草で、職業や生活、恋人の有無までも想像する。良い行状ではないが、この遊びは結構退屈凌ぎにはなった。

退職の日に、大きな花束を貰った。帰りにそれを持って電車に乗るには抵抗があった。恥ずかしくて照れくさいのだ。

帰りの電車は始発駅から乗った。花束を網棚に放り投げて、自分の物でない振りをして座っていた。発車間際に初老の紳士が大きな花束を抱えて乗ってきた。私の前の席に座った。実直な銀行員風な人だ。その紳士も今日は退職の目だったのだろう。

一般的に男が花束を持っている姿はサマにならない。しかし、この紳士と花束は調和がとれている。穏健な顔、ピンと伸びた背筋、ストライプの入った背広、私とは雲泥の差だ。

車内は、二つの花束で甘い香りに満ちた。

二つ目の駅でその紳士は降りて行った。入れ替わりに数人のOLが乗ってきた。

「あれ、この電車良い匂いがする。網棚にある花束からだわ。下に座っている人のかしら。退職の日みたいね」「リストラ、それとも定年」と小声で話している。自分が観察されるのはあまり良い気分ではない。眠った振りをしていた。下車駅がきた。乗り過ごしそうな慌てたゼスチャーをして、ドアが閉まる寸前にホームにとび降りた。「あっ、花束」と言う声が後でした。聞こえない振りをする。突然、閉まりかけたドアがまた開いた。二人のOLがドアを押さえていた為だ。さらにもう一人が「ハイ、忘れ物」敬愛を含んだ物腰で花束を私の胸に押しつけた。途端に花々の醇朴な香りが私を包んだ。

「有難う」とごく自然に声が出た。

（66歳　無職　神奈川県）

ギンナン

加藤　エイ

バス停のベンチでバスを待っていた。靴音が近づいたかとおもうと隣に座った。あまり若くはなさそうな男の人だった。妙な臭いがした。その人をさけようと、買い物袋を引き寄せかけたときだった。

「たくさん、拾えました」

嬉しそうにいいながら、目の高さにビニール袋を持ち上げてみせた。

「いい日だった」

一人ごとのようにいうのを聞きながら、私はさっきからの臭いのわけが初めて分かった。

けれども、長年住み慣れた町ではあっても、そのあたりで銀杏《いちょう》の木を見かけた記憶はない。

「ギンナンですね。木はどのへんですか」

黙ったままだった。しばらくして、その人は小さく言った。

「裁判所の庭です」

今度は私が黙ってしまった。あわてたようにその人は言葉を継いだ。

「いや、私が用事があったのは、家庭裁判所です。だからといって、いいことではないんですがね。あの銀杏の葉が緑色だった頃から、だいたい月一回、今日で四回目。やっと、やっと私の願いがかないそうなんです――」

悪かったのは自分だから、妻にも子供にも詫びる日々だった。子供に会わせてもらえるのを、たった一つの望みにしてひたすら働き続けた。自分では会わせてもらえるだろうと思っても、なかなか許してもらえなくて、別れてから七年がたっているという。

「やっと今日の調停で、光が見えてきた感じです。四歳だった子と、よく家の近くの神社に、ギンナンを拾いに行ったものです。時間をもとにもどすなんて、できることではありません。でも、私は今日、幸せです――」

あれから一年、また、ぎんなんが熟れる頃になった。あの人は、お子さんといい出会いをすることができているのだろうか。

（66歳　主婦　岩手県）

かおり喫茶店

越智 明美

香、かおりと声に出してみて「かおり喫茶店」を思い出した。京都東山七条にあるその店は、すぐ近くの私達美大生の溜り場だった。建ったばかりで明るく見通しも良い。夕方、ガラス戸越しに友人を見つけ、やあと入って行くと、コーヒーのもわっとした香りに包まれた。何をあんなに何時間も毎日のように喋り合っていたのか。三十年近くもたって、思い出すのはコーヒーの香りばかりだ。今もあるかなと娘に言うと、行こうよと言う。

店はあった。三十年たってさすがに古びたが、たたずまいはそのままに。ガランとしていた。美大生達はもういない。私が卒業後しばらくして大学は移転した。しかし「かおり喫茶店」の角に立ち見上げると、坂の上に今もかつての美大の門があり校舎も見える。なつかしいねえ。つぶやいて、ゆっくりと踵を返す。えっ、行ってみないの門のとこまで、入らないの喫茶店、娘が後ろから声をかける。ウン、もうこれで良いと答え、そのまま今熊野から東福寺への道を歩き出す。「かおり」の横の坂を上り美大まで、六年間何度往復しただろう。いろんな人がいた。欧米で高い評価を得た人。メディアでも華やかに活躍中の人。地道に作品発表を続ける人。病を得て亡くなった人。自死を選んだ人。そして、結婚後描き続けられなかった私。ときおり、美大へ行こうとして行き着けず、走りまわっている夢を見る。もし「かおり」のドアを押して入り、あの頃と同じコーヒーの香りに包まれたら、なつかしさよりも苦さの方がこみ上げて来るのではないか。夢の中ではいつまでたっても行き着けない坂を、現実に歩くのは、痛い……。じゃあ何しに来たのよと呆れる娘に、東福寺の紅葉《もみじ》と答える。今が見頃。あんたも美大生なんだから、あのすばらしい紅葉《もみじ》は見ときなさい。

私が行き着けなかった坂を、娘は行き着けるだろうか。青春の思い出は、飲まなかった「かおり喫茶店」のコーヒーの香り。

（51歳　主婦　京都府）

紺の着物に白い割烹着

井上　薫子

私は東京の神田で生まれました。家は天ぷらやです。十一時の開店と同時に店はお客さまでいっぱいになりました。店の中は榧《かや》の実から搾った油と胡麻油を調合した独特の芳しい香りで満ちていました。母は一日中ちょこまかと忙しく動き回っていました。ぼんやりとしている母の記憶がありません。それでも時として甘える私を抱き締めてくれました。そんな時母の胸からほのかに油の香りが匂いたち、何とも言えない安心感を幼い私にくれました。

小学校へあがって初めての授業参観の日でした。ずらりと後ろに並んだお母さん方に、内弁慶の私は心臓がどきどきしてきました。顔見知りの友だちのお母さんもいます。いつもより澄ましています。嬉しくて手を振る友だちに、唇の前に人差し指を立てて「シッ」と言ったりしています。

私の母はまだ来ていません。

チャイムが鳴り授業が始まりました。しーんとなった教室で、先生に指された友だちが立ち上がり、大きな声で教科書を読みます。私はと言えば指されないよう、そっと目を伏せます。いつもより何倍も時間のたつのが長く感じられます。

とその時、教室の後ろのドアがそぉーと開けられる音と一緒に、あの芳しい油の香りが教室の中へ流れ込んできたような気がして、私は振り返りました。そこには顔を少し上気させ、見慣れた紺の着物に、手には丸めた白い割烹着を持った母が立っていました。私と目が合った母は、にこっと笑いました。何だか私は急に安心し、すぐさま顔を教壇に戻しました。

あの日から四十年以上がたち、父も母も亡くなりました。頑張りやだった母は、晩年無理がたたって片方の眼の光を失いましたが、へこたれず、いくつになっても前向きでした。

今も母を思い出すと、紺の着物に真っ白い割烹着姿で笑っている顔が浮かびます。そしてあの懐しい油の香りが胸いっぱいに広がってきます。

（49歳　無職　東京都）

それでええんや

吉村金一

私が小学二年生だった昭和四十年夏のこと。近くの古びた空家におばあさんが引っ越して来て、子供達相手の駄菓子屋を開店した。

その店は蚊が飛び交い、いつも蚊取り線香の匂いがしていたが、何しろ他の店では五円であめ玉が三つのところを、おばあさんは五つもくれるので子供たちは大喜びだった。もちろんビー玉やめんこなど何でも安かった。

夏休みになると、あちこちから子供達がやって来た。そのうち目敏《めざと》い子供達があることに気付いた。おばあさんは決してお金を手で受け取らないのである。背を丸めて細い目で下を見ながら、

「そこに置いといておくれ」

と言うだけなのである。そのうえ売った品物の数をかぞえることもしない。悪童達はそれをいいことに、五円であめ玉を七つも八つも持っていくようになった。中にはお金も払わずに品物を持っていくものまで現われた。

私がそれらの行為をおばあさんに告げると、皺くちゃの手を小さく振りながら、

「何も間違ってへん。それでええんや」

とにこにこ笑っているだけなのである。

ある日のこと。おばあさんをかわいそうに思った私が、十円を置いてあめ玉を五つだけ持って行きかけた時のことだった。

「坊や、あめ玉の数が少ないよ」

おばあさんはすべてを見ていたのである。私は悪童のするようなことはしていなかったが、何だかとても恥ずかしい気持ちになった。

その年の冬休みのこと。三日ぶりにおばあさんの店へ行くと、見知らぬおばさんが店番をしていた。そこには蚊取り線香の匂いがかすかに残っていた。やがておばあさんの死を聞いた。遺体は福岡市の御家族の所へ運ばれたそうである。おばあさんはどうしてこの町にやって来たのか、今もって謎のままである。

私は泣いた。とくに悪童達は大声で泣いた。

――おばあさんは星になった――

子供達の誰もがそう信じていた。

（45歳　自営業　佐賀県）

幸せの香り

小松純

昔、滞在していたニューヨークでアメリカ人カップルの夫婦喧嘩に巻き込まれたことがある。友人のリサはバイトを掛け持ちして作家志望のボブとの生活を支えていた。先の見えない暮らしに二人の仲はギクシャクしていたようだ。たまたま訪ねて来た私の前で、二人はささいなことで言い争い、たちまち大げさな喧嘩に発展してしまった。つたない英語では仲裁はおろか逃げ出すきっかけすらつかめず怒鳴り合う二人を前に私は呆然としていた。

すると、激しい罵り合いのさなか、ふいに甘く香ばしい香りが窓から流れ込んできた。向いのカフェがマフィンを焼いていたのだ。バターと卵たっぷりのしっとり甘いマフィン。こんがり焼けた姿を思い浮かべたとたん、私の胃袋は驚くほど派手な音を鳴り響かせた。

リサとボブは思わず口論をやめ、あっけにとられて私を見た。人前でのゲップはひどい不作法と知ってはいたが、おなかが鳴る音というのはどうなのか。狼狽して「ソーリー」を連発する私に二人はそろって吹き出し、連られて私も吹き出した。そしてそのまま三人とも床に座り込み、ひとしきり笑い合った。

やがてリサが深々とそのマフィンの香りを吸い込んで、「幸せの香りね」と呟いた。

「子供のころ、台所に行くといつもこんな匂いがしていたわ」

彼女の瞳に涙が溢れた。

「暖い家庭を作るのが夢だったのに!」泣き出したリサをボブがしっかりと抱き締めた。もちろん私は大急ぎでその場を去った。

数日後、私のもとにバスケットに詰めたマフィンが届けられた。贈り主はリサだった。添えられたカードには『ボブが作ってくれました。私達はとっても幸せ!』とあった。

最近は日本のベーカリーショップでもよくマフィンを見かけるようになった。店先で甘い香りをかぐたびに二人のことを思い出す。今でも仲良くやっているだろうか。

(43歳　自由業　京都府)

世界の中心で日本語の「香りエッセイ」を書くこと

2003

この頃「香・大賞」には、邦人、外国人を問わず海外からの応募も増え、また、創設年に生まれた世代がこれまでにない感覚で香りを綴った作品も多数届くようになりました。インターネットなどを通して「世界」と「個人」がつながりやすくなったのもこの頃です。二〇〇三年には「世界の中心で」「世界に一つだけの」といった言葉が、本や音楽のタイトルに踊りました。

とはいえ、逆に自己中心的思考では、世界的な活躍はむずかしい。そのことを藤本義一審査委員長は、世界を相手にできるイチロー選手の本質を幕末の美剣士沖田総司になぞらえて「心の根底にあるのは、武士道でいう〝無私〟である。無欲に徹してこそ義を貫く精神が培われ、技に磨きと凄味が宿るのだ」（作品集『かおり風景』）と看破しています。

畑正高実行委員長は、映画「ラストサムライ」を通じて、日本が鎖国を解いて世界を受け入れたと同時期に、欧米人の中に日本の武士道に深く魅入られた人々がいたことに着目。世界の中心で香りとは何か日本語で考え、文章を書くことの意味を感じました。

第19回［香・大賞］入賞作品

二〇〇三年募集・二〇〇四年発表

隣の物干し

櫻井 眞理
55歳 輸入雑貨店経営 京都府

主婦業三十年、自慢じゃないが朝のスタートは少々遅い。しかしそこは長年のキャリアが物を言い、家事の段取りはお手の物だ。

先ずは元気の源の朝食を摂り、手早く弁当を入れて笑顔（?・）で夫を送り出す。さあ、活動開始。「お掃除サッサ、お洗濯サッサ」とリズミカルに動き回る。時々お花の機嫌を伺ったり、電話に出たりと寄り道も多いけれど、趣味の店を営みながらどうにか家事もこなして来た。プラスマイナスすれば幸せな人生と言えるがそれでも辛い事や悲しい事も多々あった。そんな時、この何でもない家事の繰り返しがどれほど心を癒してくれた事だろう。今日も又、掃除機を掛けながらいろいろな想いが私の脳裏を交差する。

折しも「ピッピッピッ」と洗濯終了を知らす音が鳴った。ひとまず掃除を中断して物干しに上ると、心地よい初秋の風が幸せのひとときをくれる。洗濯物を干すのは好きだから時間に追われていない限り、移り行く季節を楽しみながらのんびり干すのが「私流」だ。

五年ほど前にうちの物干しにお隣さんが出来た。けれど物干しでめったに顔を合わす事はない。いつも私が物干しに出る頃にはお隣さんではもうすでに干し上っていて、そよそよと風に吹かれている。幼い子供が居るから細かい衣類がいっぱい。それでもきちんと並んでいて「相変わらず早いなあ」と毎日、兜を脱いでいる。丁寧に干された洗濯物から家族の幸せを垣間見、毎朝、私の心をホッとさせてくれる。「お隣さん」とは息子の家の物干しである。風向きによって「お隣さん」の洗濯物がほのかに匂って来る日がある。

（清潔な快い香り……）（でもうちのとは違う香り……）いつ頃からだっただろう。ふと気付いてから、その度一抹の寂しさを味わってしまうのは私の我儘なのだろうか。

嘘

藤堂 美之
34歳 主婦 東京都

私は今朝、嘘をついた。

「これはね、心を穏やかにして幸運を呼ぶ不思議な香水なのよ」オットの手首にシュッと香水をふきつける。「その証拠に、私はあなたと結婚できたでしょ」

オットは呆れ顔で手首の香水を首筋につけた。

オットの仕事はシステムエンジニア。まるで定時が九時から二十三時と決められているような職種、殺人的な仕事量。入社して五年にもなると肩書きは平社員でも責任は中間管理職に等しい。「俺は家に帰れるだけましだよ」私に心配をかけまいと青白くクマの目立つ笑顔で言う。腰から肩と首にかけての鋼《はがね》のような凝りは職業病と医者に見離された。仕事を変えないかぎり治らないと。今のご時世、転職して仕事が見つかる保証はない。でも健康には換えられないからと転職をすすめた。オットは首を横に振る。不安に追い討ちをかけるように、業界からはうつ病、ノイローゼ、自殺の言葉が聞こえてくる。オットを守りたい。心を楽にしてあげたい。結婚して一年半、新しい苗字にも主婦業にも慣れて夫婦の絆も強くなってきたけれど、職場のオットを助けることは私には出来ない。それが、はがゆい。

ある日、棚の奥にしまいこんだまま忘れていた小瓶を見つけた。ベルガモット、ジャスミン、ラベンダーを合わせた香り。ブランド名を持たない、ただ私が好きな香りの水。

それは思いつきから生まれた嘘だった。

オットを送り出した後、残り香の中で一日の無事を祈る。二十四時過ぎ、オットが脱ぎ捨てたワイシャツの襟に微かに残るその香りを見つけると一日の無事を感謝する。

「最近仕事が順調でさ、この香水本当にすげーな」香水じゃないのよ、あなたの努力が実ってきているのよ。オットの穏やかな笑顔が嬉しくて真実を話すタイミングを失っちゃった。心なしか肩もだいぶ柔らかくなってきている。そういえば二人の間で嘘はつかないって約束したね。でも私は明日も嘘をつく。

潮の香の痛み

千葉奈津子
34歳 翻訳業 東京都

父さん、地下鉄有楽町線は終点の新木場駅でＪＲ京葉線に連結します。京葉線に乗換えて舞浜方面へ向かうと、東雲《しののめ》側の車窓いっぱいに透明色の東京湾が広がります。晴れた日は美しい凪の光景です。この頃海を見る度、父さんの泣き出しそうな背中を思い出すようになりました。背中から海の粗塩の香がします。

「お父ちゃんは会社でな、一人ぼっちで海を見ながら弁当食べでんだぁ。今日は何隻船が通るんだべなぁ、って」。酔いしなに呟いた声はひどく皺がれていました。笑顔の眼には力がなく、大きく湾曲した背中を崩れた胡座が支えていましたね。小学生の私は、たまらずその背中に触れました。その時ふいに、三陸吉浜の漁港の粗塩の香が鼻腔を刺しました。父さんが一人で見ている海の香です。そのきつい臭いが痛く、たまらず私は泣いたのです。

注力していた労働組合の活動が当時、転機を迎えていた、と聞きました。豊かになる日本、成長する会社、変わる組合員達の姿。全てが大きな変化を求められた時代だったそうですね。父さん、そうした潮流をどんな思いで泳いでいましたか。信条を飲み込んで崩していくうねりは、窒息しそうなほど苦しくはありませんでしたか。

今日も有楽町線で通勤する途中、人身事故がありました。昨今の「事故」の殆どは、職環境を悲観した働き盛りの男性の自殺で占められるのだとか。追い詰められた果てに電車の流れに身を投じるのだそうです。身を投じる代わりに、私は今日から職場を変わります。何だかあの漁港の香りが、鼻の奥をちくちくと刺してくるような気がします。

怖いのです、父さん。日本は一体どこへ行くのでしょうか。この国を覆っている不安の渦はどのくらい大きくて深いものなのでしょうか。この中を泳ぎきれば、晴れた凪を見ることが出来ますか。

退職後は如何お過ごしでしょう。大好きな釣りで毎日朝が早い、とお母さんがぼやいています。昨日の釣果はどうですか。「ボウズ」だったと犬のシロに八つ当たりしていませんか。年の瀬の寒さはひとしおです。くれぐれもご自愛下さい。東京の空の下よりお祈りしております。

幻の香り

菊池敦
31歳　自営業（フリーランサー）　栃木県

わが家には五〇年になる金木犀が二本ある。戦後間もないころに、生まれてくる子や孫のためにと祖母が植えたものだ。彼女の三人の娘と七人の孫はその香りを胸いっぱいに吸い込んで大きくなった。料理が得意な祖母はその花で子供にはお粥や飴を、大人にはお酒やお茶を作ってくれた。桂花茶を入れるときの祖母のあたたかい掌が、ぼくは大好きだった。

ぼくが二六歳のときに祖母は痴呆症で入院した。すると金木犀も弱った。交通量が増えて空気が汚れたことが直接の原因だが、ぼくにはそれが祖母のメッセージのように思えた。どうにかして昔の姿を取り戻せないかとなじみの植木屋さんに相談したところ、植え替えはわけないが世話ができなければ元の木阿弥だという。父と母はそれならばいっそ切ってしまおうといった。

ぼくは考えた。植え替えと手入れには年間で三〇万円ほどかかるという。それくらいなら貯金と退職金で三、四年分は賄える。三年もあれば次のステップを見つけられるだろう。いずれは実家に帰るつもりで東京に出てきたはずだった。それに祖母は長くない。そのときが来るまでにいちどは車椅子で連れて帰りたいが、金木犀のない庭を見せることはぼくには考えられなかった。両親にはぼくが何とかするからといって実家に戻り、表向きは資格試験の勉強をしていることにして、毎日朝から晩まで園芸の本を読んだ。庭仕事も少しずつ覚えていった。

そして、この秋。金木犀は新しい場所で花をつけた。香りも戻った気がしたので、枝を何本か切って病院に持っていくことにした。

「いい匂いがする。先生これどうしたの?」

「お孫さんからのプレゼントですよ」とぼくはいった。祖母はだいぶ前からぼくを主治医だと思っている。

「うちのはほんとにいい孫でね」と祖母は笑った。ぼくは祖母のすっかり皺くちゃになった顔を見て、うんうんと頷いた。すると祖母もうれしそうに頷いた。そして静かに寝息を立てた。

教科書

畠山 治夫
50歳 自営業 秋田県

四月だというのに、まだ雪が残っていた。北国の春は、実に待ち遠しかった。真新しい教科書を手にしたとき、新学期への希望と期待がわき上がる瞬間であった。プーンというインクの香りに、胸がわくわくしてくるのだ。

あれは、小学校三年生になって、まもなくのことである。家に帰る途中、小川にかかる橋まで来たときだ。落としものを拾おうとして、屈んだはずみに不運が起きた。ドドドーッ、バシャーン。ランドセルの中身が、川の中へ吸い込まれていった。留め金をすっかり閉め忘れていた。水に浸かりながら、教科書を拾い集めた。家に帰って乾かしたものの、紙はふやけ、厚さは倍にもなった。あのインクの香りは、すっかり消えていた。

当時、教科書はお金を出して買うものであった。それゆえ、汚したことを親にも言えず、私は、奈落の底に突き落とされた気分だった。

翌日の一時間目、私は恐る恐る教科書を出した。すぐに、担任の先生に見つかった。

「どうしたんだ、教科書をこんなに汚して」

「それが、川に落として……」

「放課後、職員室に来なさい」

私は叱られると思い、本当のことをありのままに話した。ところが、先生は別室に連れていき、教科書にアイロンをかけてくれた。特に汚れのひどかった三冊は、別のものを貸してもらった。それは、使い古しであったが、ゴワゴワしたものよりは増しだった。

私は、飛び上がるほど嬉しかった。教室に戻るやいなや、教科書を開いた。

「あっ！　インクのかおりが少しするぞ」

私は、内心ほっとした。

その一年後、担任の先生に教科書を返した。先生は、私を見つめながら言った。

「よくがんばったね。特に、国語と社会と図工は、いい成績だったよ」

それは、貸してくれた三冊の教科であった。

教科書を見るたびに、あの時の甘く、切ないインクの香りが、今でも嗅覚をくすぐる。

香る味

斉藤 久美子
30歳 自営業 千葉県

新婚旅行二日目の夜。旅館の豪華な食事を前に、彼が落ちつかない様子でいた。「どうしたの?」と聞くと、あぐらを正座に正してから、深呼吸して「一緒にお店をやりたいんだけど、ついてきてくれる?」と言った。その彼の真面目な顔に、私は笑いそうになってしまったが「そのつもりで結婚したよ」とすぐに返事した。

彼は中国料理の料理人で、いずれ独立して自分の店を持ちたいという夢があった。その事は、結婚前から時々話し合っていたし、そのつもりでいた。ただ私の心の中に全く不安がないわけではなかったが……。

それから彼は少し安心した様子で、ゆっくりと食事をしながら自分が独立したい理由を初めて私に話してくれた。

彼はホテルの厨房で働いていた。料理が一品一品できあがる瞬間。彼はその、食材の温度、そしてそこからわきたつ香りのすばらしさに出会った。と同時に、それらが失われていくことも感じた、という。

お客様のテーブルが、厨房から離れた場所にあるために、料理が届く頃には温度が失われ、香りが消えてしまう。だからお客様から近い場所で、香りのあるおいしいものを提供したい。それが独立の一番の理由だ、と。

私はそれを聞いた時、彼のその思いが嬉しくて涙がでそうになった。

たしかに香りのある料理はおいしい。にんにく、ネギ、青菜の香り。海老、しょうが、豆板醬《トウバンジャン》。できあがった瞬間の温度と香り。おいしい、楽しい時間。そんな当り前のことを今まで深く考えたことはなかった。

この人についていこう。不安はいつか消える。心からそう思えた。

その夜から一年。もうすぐ夢が叶う。彼がなべをふり、私がテーブルへはこぶ。

温度のある、香りたつものを。

その一皿ずつに、そっとのせていこう。

彼の思いと、あの夜の私の気持ちを。

金色の星が降る

宮崎 待子
56歳 事務 神奈川県

この家を手に入れてから初めての秋、まだ暑さの残る九月だった。朝、犬を散歩させようと門を出て、ふとどこの家の庭にも黄金色の花のつき始めた木があるのに気づいた。

「金木犀……」

この花の香りに包まれる時、この木の名前を口にする時、私の心は二十代のあの日に返り、これまでに見たどの金木犀よりも大きかった川のある町の一本を思い浮かべるのだ。

七十年代の学生運動は多くの私の友人をも巻き込んでいたが、一足早く社会に出ていた私には遠い世界だった。そして私が敬愛した彼は大学院生だった。先週はデモ、今週は警察に写真を撮られた、少しの間ブチ込まれていて家族が金を払って保釈された、などと物騒な話を聞き、傷ついた体を見るにつけ、同じ若者として、マスコミに職を得、いつも財布は潤沢などという日々を送る自分にいいようのない苛立ちを覚えたものだった。

「君にはそれが似合っている。海外旅行でもして楽しく暮らしていい奥さんになる、そういう生活で君という人は一番輝くんだ」

そんなふうに言われる度に自分は認めて貰えていない、と悲しかった。結局、共にありたいという私の願いは叶わなかった。

「あの君の家の門の前にだよ、いつか警官が立つ、そういうことを実際に体験した時に僕達が一緒に暮らすのは無理だということが分かってももう遅い。君がそれでもいいと言うほど僕は立派な人間じゃない」

瞳を潤ませて私を抱きしめ、そう説得する声を聞きながら、やはり私が望むほどには愛されていないのだ、と私は頑なに思い込み、絶望に胸を塞がれるのだった。

二人でハレー彗星を見に長瀞《ながとろ》へ行ったことがある。夜の川縁に見上げる高さの金木犀の大木があり、あたかも金色の星が降るように闇の中に花が開いていた。背中には暖かい五本の指。足元には黄金の絨毯《じゅうたん》。むせ返る香り。二人でいる喜びと終りがくることへの恐れが入り混じった忘れ得ぬ芳香。

「お母さん、私の部屋、金木犀の香りが強すぎて苦しいんだけど」

二階にいた娘がふくれ面で降りてきた。

冬が来る前に

瀬川なつき
34歳　飲食店パート勤務　福岡県

九月の終わり、十年近く一緒に暮らした夫と別居した。お互いに積もり積もった不満が爆発し、話し合った結果だった。夫は荷物をまとめて、実家に帰った。

子供達三人と私だけの生活が始まった。子供達には「おばあちゃんの体調が悪くて、お父さんは帰って来れない」と理由を作った。きちんと事実を伝えるには、自分の精神状態が落ち着くまでの時間が欲しかった。

夫のいない生活。仕事で毎日深夜に帰宅する夫だったので、生活パターンがそれまでと特に変わるようなことはなかった。むしろ気を使ったり、不愉快な態度を取る相手がいないことが快適だった。私の気持ちは離婚に向けて動き出していた。

離婚届けの用紙を取りに、一人で区役所へ行った。係の人が差出したその用紙は、普段手にする紙よりも薄っぺらい物だった。けれど、それを鞄に入れた瞬間、その重たさが身にしみた。「今度、ここに来る時は、全てが終わるんだ」そう実感した。

別居から、三週間が過ぎようとした日。だいぶ冷え込むようになってきたので、冬の衣類を押し入れから出すことにした。子供達の洋服を出していると、その中に紛れ込んで夫の服が一緒に出てきた。数年前、私が夫の為にさんざん迷いながら、選んで買った服。その服を手にしたまま涙が溢れた。別居してから一度も泣いたことなんてなかったのに、涙が止まらなくなってしまった。

その服を、ぎゅっと抱きしめると、夫の匂いがした。懐かしかった。私の大好きな、この匂い。その瞬間、夫に会いたいと思った。夫を嫌いだと思い込もうとしていた自分に気付いた。本当は愛してる。夫の匂いに包まれて、素直な想いを噛み締めた。「まだ遅くない、もう一度向き合ってみよう」夫も同じ想いであることを信じて。

ハンカチーフ

奥村 道子

歳末のこと、篠突く雨を押して私は電車で野暮用に出かけた。車中は結構混んでいた。無人駅に停車近くなった時、若い女性が急に私の膝にくずおれたのである。顔面蒼白……何事が起こったのかと驚いた私は、すぐに席を空けて彼女を座らせた。「すみません」小声が耳に届く。やがて電車のドアが開いた。私はこの儘ではと彼女を庇って歩廊に下りた。額には冷汗を光らせている。ともあれ待合所の椅子に掛けさせて持ち合わせのハンカチで汗を拭ってあげた。前髪をかき上げる額が美しい。貧血を起こしたのだろうか。二人共暫く無言でいた。

と、突然に「ああ、いいにおい……」弱々しげな声がした。「えっ、なあに?」私は初めて彼女に声をかけた。「このハンカチ……」「匂ってる?　大分落ちついたのね。もう大丈夫だわ」

化粧石鹸の到来物がある度に、私は移り香を楽しみたくて小分けをしては引出しに入れている。

しばらくこのハンカチを頬にあてていた彼女がポツリと言った。「わたし病院に行こうと思って……。いらないんです」謎めいている言葉だけれど咄嗟に判断がついた。二度びっくりである。「失礼だけど、赤ちゃんのこと?」うん、と素直に頷いてみせた。「彼、ずっと入院してるの」(〝彼〟か。若いなあ)「つわりもひどいし、だから……」

病院行きは彼女の一存のようだ。「病院にあなたは行こうとしたけれど途中下車をしてしまったわ。『行かないで』って赤ちゃんが言ってるのかもね。赤ちゃんの命を自分勝手に抓んでは……」私は、随分踏み込んでしまったと思った。「あのう、このハンカチ貰っていいですか?　おばさんの言葉を思い出すから」

藍色に小花柄のハンカチは、仄かな匂いと共に彼女の手に渡った。頬に薄紅色が戻った彼女を私は涙で滲む眼で見送っていた。

(72歳　主婦　愛知県)

娘が嫁ぐ日

橋本 健一

娘と腕を組んで教会のバージンロードをゆっくりと歩む。ピアノとバイオリンが奏でる結婚行進曲に、娘は緊張した表情を浮かべながらも確かな足どりと、幸福を体一杯にみなぎらせて、一歩、又、一歩と新郎に向かって近づいて行く。

私はウェディングドレスを踏んではいけないと、ややうつむき加減に歩いてしまう。「お父さん、ウェディングドレスを踏まないように注意してね」。結婚式の始まる前に娘から言われた言葉が、ガーンと頭の中に響いてこだわってしまう。一生に一度の娘の晴れの式に不始末をしてはならないとの思いが胸の中をかけ巡る。娘は背筋をぴんと伸して、落ちついて堂々と歩くのに、私は、音楽のテンポも合わず、ギクシャク歩いてしまって、我ながら情なくなる。娘が手元から離れて、我が家からいなくなってしまう寂しさも手伝ってか、知らず知らずのうちに、又、足許を見てしまう。やっと、娘を新郎の手に引渡して結婚行進曲の恐怖は去ったものの、更に深い惜別の情感に見舞われる。讃美歌を合唱しているうちに目頭が熱くなり、声が出なくなる。六十を過ぎた父親が、みっともないと自分に言い聞かせても、感情の高まりは一向に収まる気配がない。涙が頬を伝って流れ落ちる。

「お父さん、明日の結婚式で泣かないでね。でも、そう言っても泣くでしょうから、このハンカチをお父さんに上げるから、これで涙をふいてね」。「バカ言っちゃいけないよ。お父さんは、お前がお嫁に行くのを喜んでいるんだ。絶対、泣かないよ」。妻が「あなた、何が起こるかわからないから、言う通りにしたら」。しぶしぶ昨晩遅く受け取ったハンカチ。結局、娘の香りがほのかに残るハンカチ。娘の言った通りになってしまった。

（64歳　会社員　神奈川県）

被災地の梅

加藤 光彦

阪神大震災の発生から一カ月近くが経過した一九九五年二月中旬のある日、久しぶりに避難先の大阪から、住まいのある神戸・岡本に戻ってみた。高台にある「岡本梅林公園」では、すでに梅が五分咲きとなっていた。

神戸・岡本は「梅は岡本、桜は吉野」とうたわれた梅の名所である。ほのかに甘い梅の花の香りが微風に乗って漂う梅林公園に身を置いていると「もうすぐ春だなあ」と、つい、のんきなことを考えてしまう。しかし、ここは、神戸市東灘区という阪神大震災の最激震地。公園から梅の枝越しに見下ろす東灘区の街には、壊れた家屋を風雨から守るため、屋根にブルーの防水シートが掛けられた家々が目立っている。その鮮やかなブルーが視界に入るたびに、一カ月前の惨劇が、まざまざと脳裏によみがえってきた。

あの日、激震に見舞われた岡本周辺は、まさに戦場だった。倒壊した家屋や折れ曲がった電柱に行く手をふさがれた道路。崩れた塀に押しつぶされた自動車。着の身着のままで余震を恐れながら街をさまよう被災者たち。避難所の小学校には、頭から血を流した老婆が、雨戸の上に寝かされていたりした。後でわかったことだが、近所で倒壊した家の下では、多くの人たちが圧死していたのである。

幸い、住んでいたマンションは鉄筋で、ライフラインは寸断されたものの損壊の程度は軽く、家財道具の多くは壊れたが、体にはかすり傷ひとつ負うことはなかった。思わず幸運を感謝したものである。が、その一方で、多くの人たちが死傷した激震地にいながら、無傷だったという申し訳なさみたいなものが意識の片隅に芽生えたのも事実である。

梅の花の香りには、死者を鎮魂する作用があるという。梅の名所の岡本が激震地となったのには、何か因縁があったのだろうか。そして私にとって梅の花の香りは、震災以来、あの「申し訳なさ」を思い出させる、せつなさの加わった甘さへと変化したのである。

（44歳　会社員　東京都）

沈丁花の香り

志村 雅彦

その日は、前日の春一番がおさまった妙に暖かい日でした。どこからともなく、街には沈丁花の香りがしました。

私と彼女は二十四歳になっていました。大学卒業後も、研究室に籍だけを置いて司法試験の勉強を続けていました。社会に居場所はありませんでした。今年こそ受かるという思いだけを頼りに、私達は寄り添っていました。

試験は、五月に一次試験が行われます。春先は本番を控えた追い込み時期です。

彼女に会うのは久しぶりでした。研究室で行われた答案練習会の後、彼女の姿はいつの間にかありませんでした。私は、校門から駅へ至る道を走りました。聖橋《ひじりばし》から御茶ノ水の駅のホームが見えます。彼女は、去年合格した研究室の先輩と並んで電車を待っていました。彼女も私を見ていました。二人が電車に乗り込んだ後も、私は何本もの電車が通り過ぎるのを橋の上から眺め続けました。いつの間にか、辺りは暗くなりかけていました。沈丁花の香りが、街中に漂っていました。

あれから二十年が経ちました。彼女は、受験を止めてあのときの先輩と結婚しました。私は、その後も受験を続けましたが結局合格できませんでした。就職をして、結婚をして全く違った暮らしを送っています。

今でも春の宵に、思わぬところで沈丁花の香りに包まれることがあります。すると、私はあの時の聖橋に佇んでいるのです。痩せていて、重い法律書の詰まったカバンを下げています。記憶と現実との間には、どれだけの違いがあるのでしょうか。時間というものは本当に刻々と過ぎて積み重なっているのでしょうか。

沈丁花の香りは、私にとって魔法の呪文になっているようです。どうせなら、もっと幸福な気分に浸っているときの記憶が、香りと結びついていればいいのに、と思わないでもありませんが。

（44歳　公務員　千葉県）

極楽の香り

片山ひとみ

ズズズズ！　ズズズズ！

まるで「うどん」をすする勢いだった。

讃岐から岡山へ向かうフェリー。突然、船内の静寂さを引き裂く、奇妙な息づかいと音。

その瞬間、乗客は一斉に私達を振り返った。

赤いソファにどっかりと腰を下ろした父は、微塵も視線に気づかない。握る熱い缶コーヒーに、キスするように口を尖らせて近づけ、唇がストローの役目でズイズイと吸い込む。

「何をかまうか。うめぇモノには、音がある言うじゃねえか。あぁ、極楽じゃ」

昭和三年生まれ。向こう意気が強く、第二次大戦へも志願出征した父が好物を口にする決まり文句。普段なら、愛おしく許せた。だが、きょうは違う。私の婚約者が一緒なのだ。

「瀬戸大橋を渡ってみてえんじゃ」

と、言い出した父を交え、日帰りドライブを提案してくれた彼を恐る恐る上目遣いに見た。

「ブラジルへ、煉瓦製造指導に赴任していた父の土産はコーヒー豆でね。ごちそうするよ」と以前言った彼は、ニコリともしない。

「あぁ、うめえ。弘志君、碁を打つ時もな、コーヒーを飲んだら頭がスキッとして、勝てる気がするんじゃ。負けてもな、そんな腹が立たんで。ほんま、極楽の香りじゃ、これは」

弘志さんが凝視しているなど眼中にない。

「お父さん、いい加減にして。音、やめて」

私のドスの効いた声に、突然、弘志さんが立ち上がった。そして、フッといなくなった。

「醜態よ！　下品だから、嫌われたのよ」

私は堰を切ったように怒りをぶちまけた。

父は、オロオロして眉をハの字に曲げる。

「ぼくも、同じのをいただきますよ」

帰ってきた彼が握っていたのは、缶コーヒー。カチリと蓋を開け、一回深呼吸したかと思うと、ズズズズ、ズズ！　けたたましい音だった。再び、乗客が振り返る。彼は、すまして吸い？続けた。周りの顔が微笑みに変わった時、私は、胸一杯にコーヒーの香りを吸い込みながら、「ありがとう」と言えた。


（41歳　主婦　岡山県）

梅の香り

金田 尚子

数年前の冬になる。私は難病といわれる病気を発病し、都内のある大学病院に入院していた。

ある日、夜中に脳梗塞で一人の患者が運びこまれてきた。さめざめと泣く家族に囲まれ、その人はゴーゴーと大きないびきをかきながら、一晩中眠り続けた。翌日から、御主人に娘さん、息子さんが代わるがわる来ては、彼女の手を握り、語りかけ、励まし続けた。そのかいあってか、彼女は徐々に回復に向かい、リハビリさえ始めるようになった。

だが、彼女はもう以前のその人ではなくなっていた。少女に戻ってしまっていたのだ。看護士さんに長い髪を梳いてもらっている時、手鏡を覗きこむ顔は無心で、まるで童女のようだった。そんな彼女にも、家族は希望を捨てることなく、毎日見舞いに訪れ、何くれとなく世話を焼いた。大学生の息子さんがとつとつと話しかける姿が、同室の患者の涙を誘い、会社帰りに立ち寄る御主人も、思い通りにならない、と癇癪を起こして甘える彼女の頬をなで、一日のでき事を話して聞かせた。

二月に入ったその日も、御主人は「寒い、寒い」と言いながら、どこかで手折ったらしい一枝の梅をみやげに入って来た。ほのかな梅の香りが病室の淀んだ空気を追い払い「もう春なんですねえ」と、他の患者も一気に華やいだ雰囲気に包まれた。そんな私たちに相づちを打ちつつ、御主人は小枝を「ほら、梅だ。いい香りがするよ」と彼女の口元に近づけていった。と、何を思ったか、彼女は一輪をパクッと口に含んだのである。そして「あぁ」と声にならない声をあげ、ニコッと微笑んで私たちを見回したのだ。「食べるんじゃないんだよ、匂いをかぐんだよ」御主人の静かな声におえつをもらす者もいた。

先に退院した私は、その後の彼女を知らない。ただ、梅の香りをかぐたびに、悲し気な御主人の顔と、童女のような彼女の顔が、脳裡に交差する。

（39歳　主婦　東京都）

橘

中森 良亮

木々の緑が冴え、揚羽蝶が舞い始める季節を迎えると、祖母が柳箸と笊《ざる》を手に庭へ降立ち、一本の木の前で深緑のつややかな葉を丹念に覗き込み、淡い緑をした揚羽の幼虫を見つけては「お許しやす」と呟きながら、いとおしそうに箸で摘んで笊に移す。

英照皇太后より賜ったこの木は「恩賜乃橘」と呼ばれ、秋には黄金色に輝く小さな実をたわわにつける。

我が家ではこの橘の木を殊のほか大切にし「神さんの木」として注連縄が張られ、子供は遠ざけられてきた。

神さんの木で生まれた揚羽の子供もまた同じで、小指の先ほどに成長すると、庭の傍らにある蜜柑の木へ移す。

こうして祖母や曾祖母そのまた祖母の手により、今日まで何百何千といった幼虫が赤い角をたて、甘酸っぱい香りを放ちながら引越していった。

幼い頃、私はこの光景を毎年縁側でただぼんやりと眺めていた。

祖母が体調を崩して以来引越しは母の手に委ねられ、母もまた「お許しやす」と呟きながら何度も器用に箸を運ぶ。

私は今年はじめて引越しを手伝った。

かつて縁側から眺めていた祖母の姿を、おぼろげに思い出しながら。

縁側では、永遠に変わる事がない微笑みをうかべた祖母が初夏の日差しを浴びながら、清やかに漂う橘の香りを楽しみつつ、ぎこちない箸の運びと「お許しやす」にさぞかし苦笑いをしていた事かと思う。

「香り貴く　常磐に青く栄える南殿の橘のごとく　そが家の栄を祈りおかむ」

皇太后のこのお言葉が我が家の一つの伝統を作り育て、一本の橘に先祖の心が伝えられている。

来年は何匹の幼虫がこの橘で生まれ、蜜柑の木から飛び立つのだろう。

（36歳　神職　京都府）

地球から生まれた香りの本当の姿を映し出すために

地震や台風被害の多い日本では、昔から自然に対する畏怖の念が強かったと考えられます。
二〇〇四年には、台風二十三号や新潟県中越地震が被害の大きな爪跡を残しました。
インターネットでつながる以前に、気象現象や地殻変動によって一体であることを気づかされる地球。
二〇〇五年に開催された愛知万博「愛・地球博」では「自然の叡智」がテーマでした。
再び、自然に教えを乞う時期に来たのかもしれません。
三十代の頃、アフリカの大自然を撮影しに行った藤本義一審査委員長は、
カメラを向けると逆光の中に姿を消してしまう大きな動物たちに撮影の困難さはもとより
アフリカの自然の本当の香りを教えられる。それは「小さな、身近な花とか葉、
そして水とか虫の動きの中に宿っているということだった。大自然はなにもダイナミックな映像ではない。
ささやかな自然の動きこそが本当なのだ」（作品集『かおり風景』）。
中田浩二審査委員は、イタリアから日本に入って来たスローフード運動にふれ
「自然のちからと共生は日本人の叡智であり、その伝統は受け継がれている」と書いています。

2004

第20回［香・大賞］入賞作品

二〇〇四年募集・二〇〇五年発表

命の匂い

石原敬三
70歳　無職　北海道

長女が嫁ぐ前夜、どうしても欲しいとタンスから彫りかけの仏像を取り出してきた。

「この匂いよ、消えないのね」

その仏像は三十年も前に私が挑戦したものだった。妻は余命三か月の診断だった。毎日が不安で堪らなかった。特に、夜が怖かった。受話器を座布団で覆いたい時間が続いた。テレビも書物も不安を解消してはくれなかった。

たまたま、長男が課題の版画を彫っているのを見て、祈る思いもあり、仏像でも彫ってみようかと思ったのだ。

一年前の夏にカイガラムシに冒され、やむなく切り倒した直径八センチほどの櫟《いちい》の木が枝だけ払って放ってあった。節の少ない部分を二十センチほど切ってきた。

無器用で絵も工作もからきしだめだったから、彫刻の手順など知るわけもない。地蔵さんを思い浮かべて鉛筆で輪郭を描いた。

長男の彫刻刀では用をなさなかった。どうせ我流だからと、大工用の鑿《のみ》を使った。居間に新聞紙を広げての作業だった。

泊まりがけで病院へ行ったり、雑用で時間がとれず、新聞紙を広げることのできない日もあったが、それらを除けば連日作業は続いた。打ち込んでいると、その時間は不安から逃れることができた。

初めの頃は松脂《まつやに》の匂いが気になったが、赤みのある木肌が現れ出すと、松葉油の匂いが鼻を突いた。更に、木肌を削っていくと、森の奥で嗅ぐような、深く、重く、気品のある香りが漂ってきた。しかも、それらの香りは日々、新鮮だった。木の生気を感じさせた。

根を絶たれ、枝を払われ、木肌を剝がれながらも生きているのである。私は両手で櫟を握った。ぬくもりさえ感じられた。

妻は九か月もった。仏像は頭と顔の輪郭を現しただけでタンスに仕舞われた。未完の方がその分長く生きてくれる気がした。

私も仏像を手にしてみた。樟脳の底に確かに命の匂いがした。

梅雨の薔薇

斎藤 紅香
59歳 主婦 北海道

東北の小さな町で生まれ育った私は、十八歳のとき、進学のため上京した。毎日、学寮とキャンパスの、片道三十分の道のりを歩いて往復していた。武蔵野の一角にあるキャンパスは、となりが電波研究所で、一帯は雑木林の中にあった。

梅雨どきのある午後、学寮への帰り道に、電波研究所の庭で、すばらしい香りに出会って私は立ち止まった。見事な薔薇畑が出現していた。梅雨空の下に色とりどりの薔薇の花がしっとりと咲き、香りは大きく溢れていた。ひとりの男性がハサミを手に花の間を歩いていた。

花は美しく、香りは甘く、私はたまらなく、欲しくなった。一本でいい、わびしい学寮の机に飾ったらどんなにすてきだろう。思わず、「一本いただけませんか」と言った。すると、その人はニコニコ笑って、「もらってくれますか」といい、惜し気もなく花を切り始めた。

あっけにとられている私に、ゴワゴワした茶色の紙に無雑作にくるんで、どさりと抱かせてくれたのだ。私の心は宙に舞った。その夜、学寮の部屋はみんな、薔薇の香りに包まれたのは言うまでもない。なんという幸せな香りに包まれた夜よ……。

のちに、薔薇の主《あるじ》は中田美明博士とわかった。あの、旧ソ連の初の女性宇宙飛行士である、テレシコワさんの「ヤーチャイカ!」(私はカモメ!)という宇宙からの発信を初めてキャッチした人である。外国からのお客様をおもてなしするときのため育てている薔薇だったことなど、つい最近になって知った。

博士の笑顔、「もらってくれますか」ということば、大きな、薔薇の花束を抱いたときの香りの豊かさ、この思い出は終生忘れられない。宇宙からの声に耳を傾ける人は薔薇のささやきを聞く人でもあった。

四十年あまり昔の思い出だが、いよいよ鮮明に浮かんでくる。薔薇の香りと共に……。わが人生の、宝物のひとつである。

鮎

阿部 昌彦
72歳 専門学校非常勤講師 新潟県

ここ三面川《みおもてがわ》の鮎は、清流に育まれ、その美味を誇っていて、七月の解禁日は各地から釣人が集まってくる。

それぞれの川に鮎釣り名人が存在するとされるが、横田大三郎は若くして「越後村上」を代表する名手の一人に認められていた。

その大三郎が鮎釣りをぷっつりと止めてしまったのは、数年前に得意の「泳がせ釣り」に熱中している最中に、脳梗塞で十二年間も寝たきりだった母を失ったからであった。

私は大三郎と理容店で一緒になることが度々であった。するときまって手振りよろしく鮎釣りの秘技を自慢してくる。

大漁の日は掌に染み付いた香魚とも言われる独特の香りが、店内にそこはかとなく漂っていたものである。

ところが、母を失ってからの大三郎にその香りが消えてしまったのだ。店に集まる人々は「お袋の死に間に合わなかった自責の思いが強く、竿を置く決意をした」としばらく噂をし、何となく無気力になってしまった彼を案じたりもしていた。

やがて、大三郎は鮎釣りを断念したとみんなが思い込んで、理容店でも話題にしなくなっていたのである。

ところが、今年の八月末の夕方である。店のソファーに彼と並んでいて、あの鮎の香りに出会ったのだ。それは間違いなく大三郎の掌から発せられていた。「久しぶりだね、始めたのか」と尋ねる。大きく一つ頷いて「先月、七回忌をすませたし、お袋も許してくれると思う。今朝、三面川に行ったよ。種鮎をまめに換えながら『泳がせ』で三十尾程の釣果があった」と饒舌になる。

その顔には、開放されたような安堵感とともに、若さが甦って生き生きとしていた。

鮎の若葉に似た香りが、夏の夕ぐれの理容店に懐しく漂い、みんなは「七年ぶりの香り」を心から喜んでいた。

小さな豆腐屋事始

田中 文子
57歳 学習塾経営 兵庫県

横にさす朝日の中に一人の男が立っている。昭和二十五年十二月、神戸の新開地の路地を少し入ったところ。『西出豆腐店』と看板がある。豆乳の青い匂いが、男の嗅覚を刺激した。ええ匂いや、と男は目を細める。中では大きなゴムの前掛けをした若い男が働いている。忙しそうだ。時々、モアと湯気がたつ。

前掛けの男が出てきた。

「おい、なんか用か。そないジロジロ見られとったら気色悪いやないか」

「すんまへんな。あんまりええ匂いやよって」

「けったいなやっちゃな」

若い男は自分の仕事に戻っていった。ブォブォとふいごが息をするとコークスも息をする。たちまちコークスは真っ赤になった。

別の男が奥から出てきた。店の主だ。豆腐に串を差してはコークスで焼く。香ばしい匂いに男はまた目を細める。主も店先の男をちらと見て、何者だと聞いたようだ。けったいなやつですねん、と先程の若い男がぼやいている。

仕事が終わって主は男に声をかけた。

「まあ、お入り。そこは寒い」

主は熱い茶を入れて、男にすすめた。

「せやけど、あんた、なんでまた……」

男は、仕事を探しに出て来たこと、思うような仕事のないこと、豆乳の匂いに誘われてここまで来たこと、見ているうちに温かい気持ちになったこと、自分でも作ってみたいと思ったこと等問われるままに話し出した。

「ほう、豆乳の匂いに誘われててか。気に入ったなぁ。あんた、豆腐屋やらへんか？　実はな、うちは今、新しい店作りよるところでな。ここの古い機械でよかったら、そっくりこのまま譲ろうやないか」

「えっ、ほんまだすか！　おおきに、おおきに」

こうして山あいの小さな村に小さな豆腐屋が開店した。男はそこで五十年間を豆腐屋として生きて、死んだ。男は私の父である。

商店街は香りの歳時記

牧田 千加
35歳 主婦 富山県

午前三時半、まだ明け切らぬ頃、豆腐屋さんのシャッターが開く。大豆を蒸す白い湯気が朝もやに溶け、香ばしい香りを放つ。焼き豆腐を作るバーナーがごうごうと音を立て、店の前におからのコンテナが手際よく積まれてゆく。商店街の、見慣れた朝の風景だ。

現代では一カ所で全ての用事が済む大型店が幅をきかせ、地方の商店街はおしなべて青息吐息、「シャッター通り」などと揶揄される例もきかれる。駐車場のないわが商店街もご多分にもれず、何年も店晒しのまま人気の途絶えた場所もあれば「あら、いつ出来たの？」と商売替え相次ぐ店舗もある。

昭和五十年代の子供の時分、近所に製麺所があり、ザルを持って家族の人数分のうどん玉を買いに行かされた。打ち粉で真っ白の床。きびきび働く作業着のおばさんたち。店内に入り込んでは、機械から出て来るうどん玉を飽かず眺めていたものだ。その製麺所はとうになく、郷愁そそる小麦粉香も今や、フランチャイズのラーメンやピザ、肉まんへ取って代わられてしまった。寂しい限りである。

とはいえ、サラリーマンの家庭をうらやましく思った時期もある。朝から晩まで何かと気ぜわしく、お客さんが来ればたとえ食事中でもさっと立たなくてはならない。「商売しとる限り、昼休みも有休もないわいね」。両親は自嘲気味によく言ったものだ。最近では「あと二、三年で辞めるわ」とも。

それでもたまに実家に帰ると妙にほっとするのは何故だろう。酢飯を切りアナゴを炙る寿司店の息遣い、棒茶の燻り香に鼻を奪われる信号待ちの一瞬。和菓子どころの金沢らしく、小豆を炊く香りは年中無休である。秋ともなれば、酒蔵から杜氏の心意気よろしく新酒を仕込む湯気が立ち込める。

時代は移れど、商店街はどっこい、春夏秋冬「香りの歳時記」である。堂々と生活を紡ぐ手仕事の街で、今日もまた、豆腐屋さんのシャッターが一日の扉を開いてゆく。

二十歳《はたち》の香り

片山ひとみ
42歳　主婦　岡山県

結い上げる一梳《す》きごとに、うなじが軽くなる。ストーブでシャンシャン鳴るヤカン。後ろの窓全体が、朝日でオレンジ色に染まった。

「瑠美さんが生きとったら、ぼっけえ喜ぶよ」

BGMもない故郷の美容室で、亡母と同じ年の美容師Mさんが櫛を休ませず鼻をすする。

この日を迎えるまで、何度その言葉を耳にしただろう。そのたび、胸が苦しくなる。

「月に五千円の積み立て、私もしてたんよ」

Mさんは、私が持参した紫の大きな風呂敷包みをあごで差した。そして語気を強めた。

「一式で百万円はかかるって聞いたからな」

あれは、小学一年の初夏だった。

「見て。色黒じゃから黄の振り袖がええかな」

その日も男子と裏山でターザンごっこをし、ほおばった木の実の汁をブラウスに飛ばして帰宅すると、母は嬉々と着物カタログを持ち、うやうやしくお辞儀をする男性と手招きした。

「いらん。着物なんか。木登りはGパンじゃ」と冷蔵庫へ向かった。金を受け取る男性の、

「お嬢様は目鼻立ちからいうと白がいいかと」をわざと冷蔵扉をバンと閉めて拒絶した。

私が高校一年の春、病で永遠に旅立つまで、母は煉瓦工場へ納入する紙袋貼りの内職を続けた。おそらく月五千円を捻出するために。

『成人式の着物を仕立てるので帰省せよ』

父から電報のような葉書を県外の大学寮で受け取った、夏。暑いのに体が震えた。生前、一言の感謝も口にしなかった、後悔と懺悔。

「あれまぁ、瑠美さんと同じ所にホクロが」

うなじを剃り始めたMさんのかん高い声に、「どこ?」と、右耳たぶを裏返して見る。

その瞬間、鬢《びん》付け油の甘い香りが昇った。

「あぁ参観日の香り。必ず着物で来てたから」

とつぶやくと、Mさんは又、涙ぐんで頷き、

「髪に腰がなくて崩れるから、油を私が調合してたんよ。親子同じ髪質。遺伝じゃなぁ」とかみそりをワゴンに置き、私の肩を抱いた。

「天国で御祝いしとるよ。成人式に白い振り袖も香りも授けられて。大切に伝えられえよ」

母の香り

安田清一
75歳　無職　京都府

私の母は、小学校を卒業すると、大店《おおだな》の上女中《かみ》に奉公に上がった、母の実家は、今で言えば中の上程度の商家だったが、年頃の娘を名の知れた大店の上女中に上げるのが習慣だったらしい。今では女中という言葉は禁句になって、お手伝いさんと言うが、昔は上女中、下女中と判然と区別されていて、下女中は今のお手伝いさん、炊事洗濯や子守り買い物などの仕事をした。上女中は花嫁修業として、行儀見習いと、主婦としての教養をつけるため、もっぱら裁縫や主人夫婦の身の回りの仕事をしたそうだ。やがて年季が明けて、里帰りする日、最後のあいさつをすると、お上（母は主人のことをそう呼んでいた）が「長い間よく辛抱した。これは私の特別の志だ。一生のうち大事なときにだけ使いなさい」と言って、三片の香木と立派な香炉を下さった。やがて父との縁談が纏まり、婚礼の日の夜、夫と姑を前にして、香木を焚き、その由来を話して「私はこの家に嫁いだ以上もう帰る所はありません。これからの一生、何をなさっても一切苦情は申しませんが、私という妻が居ることを心の隅に置いておいて下さい」と言ったそうだ。遊び事が人一倍好きだが感激屋でもあった父は、死ぬまで女道楽だけはしなかったという。やがて太平洋戦争が始まり、敗色濃厚となった終戦の年の六月、私は海軍を志願して入隊することになった、入隊する数日前、家族が出払ったのを見て、母は私を床の間の前に座らせ「多分今あんたが軍隊へ行ったら、二度と生きて会えないと思う。けれど決して死に急ぎだけはしないでちょうだい」と言って号泣した。そして「今生《こんじょう》のお別れに」と言って香木を焚いてくれた。それから二ヵ月、敗戦で悄然として帰った私を抱きしめ「お父さんのお葬式の時のためにと残していたけど、今が私の一番大事なとき」と言って、最後の香木を焚いてくれた。それ以来あの香に接したことはないが、あの香りは亡き母の面影とともに今も心に染みついている。

掌から

朴 瑞英
27歳 学生 神奈川県

「私ね、この匂いがいやなの」

楊枝に刺さったたこやきに顔をしかめている友人を見て、私は思わず笑ってしまった。そうか、まだ来たばかりか。

「食べない?」

「いらない!」

日本で一番おいしいものをおごるよって言っていたのがこのたこやき。私も同じだったあのときのことを思い出していた。

日本へ来た時、私が「ここは韓国ではない」ということを初めに知らされた日本の匂いがある。街でよく見かけるドラッグストアの洗剤や薬などの匂いが混ざっているような化学品の匂い。屋台で売っているたこやきの濃いソースの匂いがそれだった。そんな匂いがすると何となく私だけが異邦人みたいな気がするのは仕様がなかった。家に帰っても同じだった。寂しく見える低い建物の住宅街を通って家に着いて、玄関のドアを開けた時のかび臭い湿気の匂いも私を侘しくした。

いくら衝撃的な匂いでもそれに馴染むと何も感じられなくなることと同じように、私にとって異国の匂いもいつしかなくなった。日本という新しい環境に最も鋭く反応した私の嗅覚の適応とともに、私の日本での生活もだんだん慣れつつあった。部屋のティシューが切れたらすぐドラッグストアに行って買物したり、家の湿気の匂いがしたら何げなくファンのスイッチを押す。そして、屋台のたこやきは私が一番好きなおやつになった。

私を異邦人のように感じさせたその匂いが日本に来てから九ヶ月になった今は私の生活の一部になっている。いつか国に帰ってどこかでたこやきの匂いがしたら日本での思い出が頭をかすめるかも知れない。その時には、寂しい匂いではなく懐しい思い出の香りに変わっているに違いない。

卓球のラケット

田中 佑季
11歳 学生 兵庫県

私の学校では、五年生からクラブが始まります。手芸、バレーボール、コンピュータークラブなどがある中で、私は卓球クラブに入りました。クラブがはじまると、お母さんが
「もっと上手になってね」
と、ラケットを買ってくれました。
私は、そのラケットのラバーや、グリップの香りが好きです。ゴムと、汗と、木の香りが合わさって、やる気が起きてくる、いい香りがします。
試合をして勝った時は、この香りで
(次も気をぬかずにがんばろう!)
と思うし、負けてしまった時は
(ドンマイ! 次に勝てばいいじゃん!)
と思います。本来なら、私がラケットをはげましながら成長していくはずなのに、私がラケットにはげまされている気がします。

卓球のラバーも種類によってちがう香りがします。つぶ高のラバーは、正確に球をとばせるので、真面目なふんい気の香りがします。うらソフトのラバーは、スピード感のある、そう快な香りがします。

私は学年でもあまり上手じゃないから、これからも、ラケットの香りと一緒に、お互いはげましあいながら、上手になりたいと思います。

盲導犬「花子」

山口 道子

大きな盲導犬を連れた目の不自由な中年の女性が、私と同じバス停で降りることがある。降りてからは反対方向だが、この近くに住んでいる方なのだろうと思っていた。

私はその頃、市の福祉公社のホームヘルプ協力員をしていて、お年寄りや、体の不自由な方の家を訪問してお世話をしていた。

ある年「担当のヘルパーさんの都合が悪いので、年末、年始だけ代わりに行ってもらえないだろうか」という依頼があり、伺ったお宅が、その女性Aさんの家だった。

Aさんは一人暮らしで、あの盲導犬が部屋の布団の上でうずくまっていた。花子という名で、かなりな老犬だそうで、元気がなく、弱っている。「この子が弱ってしまって外出がままならないのです」Aさんは寂しそうだ。

食事の支度は花子の分も頼まれた。Aさんにとって大切な家族なのだろう、花子に食べさせてから自分も食べた。目の不自由な身での世話は大変なことだと、私は花子の毛が飛び散った部屋に掃除機をかけながら思った。

お正月を挟み、四回で私の訪問は終わった。

それから二、三週間経ったある日、家の近くで、向こうから歩いて来るAさんに気が付いた。ヘルパーさんらしき人と一緒だったが、面識のない方だったし、目礼をして行き過ぎようとした。

「こんにちは」いきなりAさんに声をかけられ、私はびっくりして

「私のこと分かるんですか」

思わず聞いた。目が見えるのかしらと一瞬思ってしまった。

「匂いで分かります。うちに来て下さった方でしょう。お名前は忘れましたけど」

お化粧品の匂いかしら、いい香りがするの、とAさんは言い、何事もなかったように通り過ぎて行った。

私は恥ずかしかった。私の方から挨拶をしなければいけなかった。気になっていた花子の様子も尋ねれば良かった。Aさんが目の見える方だったらそうしたに違いないのに……。

年月が過ぎた今も、忘れられずにいる。

(65歳 主婦 福岡県)

新潟中越地震

嶋津　則子

一晩中交替で火の番をして大豆を煮る、などということをしていたのは五十年も前のことになるだろうか。近年は味噌屋さんが、大豆と塩と麹を混ぜたものを運んで来る。夏も涼しい土蔵の中で醸成されて、一年後には、すっきりよい香りの我が家の味噌ができあがる。私はその味噌を、家を出てからも、六十歳を過ぎた今も使っている。

十月二十三日午後六時頃、テレビ画面のテロップを見てすぐ電話した。誰も出ない。新潟中越地震の震源地近くに母が一人で住んでいる。無事とわかったのは午後十時過ぎ。立っていられないほどの衝撃があり、揺れが来て、テレビがテレビ台から落ち、雪見障子のガラスが割れた。直後、暗闇の中を、いつも着物の母は、足袋跣《たびはだし》で外に出たのであった。

十年前に買ったカセットコンロを使えるかどうかテストしたりして、夫と二人で八王子を夜中に出発した。関越自動車道を月夜野《つきよの》で降り、十七号線を越後堀之内まで行き、そこで夜を明かした。陥没し亀裂が入り寸断された道路を、行けそうもないと思いつつ行きつ戻りつし、給水車の後を付いてぐるぐる迂回したりして、和南津《わなづ》トンネルまで行った。崩落したトンネルの上を歩いて越える道があるという。惨憺たる道路を早くも工事している。三時間歩いて母の家に行った。百三十年を経た家である。戸が外れ、額が落ちてガラスが割れ、神棚が落ちてお神酒徳利が散らばっていた。そして土蔵の一部が崩れ落ちていた。母は同じ町に住む妹の家にいた。

あれから一ヶ月半が過ぎ、余震も山を越えたと発表された。土蔵は取り壊されることになり、中のものは運び出された。崩れ落ちた所にあった味噌樽は今も瓦礫の下である。

私の家の冷蔵庫には、まだ幾許《いくばく》か土蔵でできた味噌が残っている。甚大な被害を思えば味噌どころではない。でもやはり、私は朝毎に味噌汁を作りながら、失われゆく味噌の香を惜しんでいるのである。

（61歳　非常勤講師　東京都）

「夫婦善哉」と私

藤川ヤヨイ

あずきの鍋を火にかけているとテレビのニュースで、火災に遭った法善寺横丁が再建されると言う。法善寺横丁にある、あの「夫婦善哉」のお店も……。

今から四十年ほど前の小学生の時、父母と「夫婦善哉」の前を通った。貧しかったから匂いだけ吸い込んだ。その時私は「夫婦善哉」という映画にこんな場面があることを知っていた。この店の前で、ぐうたら亭主が妻に寄りかかって「頼りにしてまっせ、おばはん」と言うのだ。妻が一生懸命働いて貯めたお金を持ち出しては芸者遊びをする夫。はよ別れたらええのに。テレビでこの映画を見たとき、子供心に私は激しく嫌悪感を持った。その頃、父が失業していたからだ。

私達は母が編み物教室の先生をして何とか食べていた。学校の給食代も払えず、先生に忘れましたと嘘をついた。夜の部の教室がある日は、一人ぼっちで母を待っていた。お腹がすいて仕方がない。みずやを開けても何にもなくお釜をのぞけばごはんがほんの少し。つぶして丸めておもちのつもりで食べた。ちっともおいしくなかった。「夫婦善哉」と聞けば思い出の連鎖は必ずこの時の切なさにまで行き着いてしまう。四十年以上も胸にこびりついてきたこの切なさ、何とかならないものかしら。対決してみようか。そう思い立って「夫婦善哉」の映画のビデオを借りてきた。午後のリビングでゆっくり観る。

何て素晴らしい映画！　生き生きとした市井の人たち。主人公のぐうたら亭主もちっとも憎めない。しょうがない人だと思いながらも一人前の男にしたい妻の心情も理解できる。年をとるというのはいいものだ。昔、通り過ぎたもやの中から奇跡のように真実がきらきら見えてくる。あのころ母も父にかけていたのだろう。苦労し通しの母を見ていたおかげで、私はとても真面目な人と結婚をした。これで良かったのかな。あ、子供が帰って来た。ちょうど善哉がおいしそうに炊けている。

（54歳　主婦　大阪府）

東京で最後のコロッケは……

轟木 信也

「コロッケ二枚ください」

「はい、六十円です。ありがとうございます」

　坂の上の角にある肉屋のおばさんとは、五年間、いつも同じ言葉しか交わさなかった。その店ではお昼時と夕方になると、揚げ物をする。漂う堪らない香り。貧乏学生の僕は、そのコロッケ二枚と、相向かいの八百屋のキャベツを食パンに挟むコロッケサンドという簡単なメニューで食事を済ますことが多かった。そのうち、いつの間にかおしゃべりな八百屋のおばさんとは顔馴染みになって、時折、林檎を一個おまけしてもらったりした。肉屋のおばさんは、逆に無駄口は全く叩かない、およそお愛想のない人で、ただの一度もおまけをしてくれたことはなかった。

　二十五年前。東京。二月下旬。田舎に就職が決まり、アパートを引き払う日。八百屋から空き箱をもらい荷物を整理した。夕方、最後のコロッケを買いに出た。まだ北風が冷たい。大きな夕日が町並みの向こうに広がる西の空に沈もうとしている。

「コロッケ二枚ください」

「はい」

　語尾を少し高く返事をすると、おばさんはコロッケを二つ袋に入れた。僕は六十円をガラス戸棚の上に置いた。すると、おばさんは、その袋にさらにコロッケとカツを一枚ずつ入れた。

「あれ、おばさん、コロッケ二枚だけだよ」

「いいんだよ、長い間、ありがとう。田舎に帰っても頑張ってね」

　そう言うと、ニコッと微笑んだ。

「ええ……。ありがとう……」

　冷たい北風が揚げたてのコロッケとカツの堪らない香りを漂わせる。坂道を降りながら、肉屋のおばさんや八百屋のおばさんのことを思い出すと、何だか急に胸が熱くなって、夕日がぼやけて見えてきた。


（51歳　教員　群馬県）

山渡りの炭焼きさんの話

原 幸次

今では山中からその姿を消したが、私の父が若い頃にはまだ『山渡りの炭焼きさん』と云われる人々がいたそうだ。

この紀伊地方一帯、姥女樫《うばめがし》の原産地でどの山にもその群生があった。山渡りの炭焼きさんはそれを目当てに方々の山を巡った。何処から来て何処へ行くのか、一年か二年ほどで一山を仕舞うと家財の一切をリヤカーに積み新たな場所へと出ていくのだった。

夏の暑い盛りに一組の若い炭焼きさんが在所はずれの庚申《こうしん》様の前でリヤカーを停めた。その谷には在所持ちのため池があり、池の最奥部にはタツノシリと云われる古窯が残っていた。またその辺りは鮒つりの絶好のポイントでもあり、父はよく鮒を釣りにタツノシリに出かけた。ある日その炭焼きさんに声を掛けられた。日は高かった。

「兄やん、なん釣れんのよ」と頭の上で女の声がした。先ほどから木の枝を払う音を聞いていたので驚きはしなかった。

「鮒です」

「ああ鮒かい、鮒は小骨が多てな」と、ガサガサと枝をかき分け池の畦に降りてきた。山の上のほうで時折チェンソーの音がした。

父には女が自分より大分年上のように見えた。美しい大きな目をしていたが、斜視だった。「兄やん、ちょっと頼まれてよぉ。書いてもらえんかい」と云う。山主と交わす誓約書の代筆だった。

「こんなことは、あんまりせんねけどな。字やへたよってに」

女に促されて、炭窯に一緒に上がった。炭窯に離れ小屋が建っていた。囲小屋という。四囲を木の葉でみっしりつめて壁がわりにしていた。小屋の出入口には古い戸板をあてがい、片方を古タイヤの切れ端で打付け扉のようにしてあった。自然と開いてしまうのかつっかえ棒がしてあった。女が棒を外すと戸板は音もなく開き、線香を燃やす匂いがした。囲小屋の奥の薄暗がりに線香立てがあり、激しい程の線香の香りが漂った。

「けむいかい」と女が云った。

「四つだったんよ。丹生の山の谷でポッチャンしてしもてな、ひめ蟹追てかにさんと一緒に水に入ってしもたんら」

新しい位牌ぎりで子の写真も無い。空缶に素灰を詰めた物に線香がたててあった。

タツノシリにはその古窯がまだある。「けむたいかい」と云った女の声が聞こえる気がする。あの女はあれからもずっと我が子の為に香を焚き続けたであろう。山一面の木々を染めるほど。谷川の清冽な流れに沁入らせる程に。
天折した子の母は、生者と死者とつなぐものが、たゆたう香の棚引きしかないことを知っていたに違いない。

（51歳　陶器制作・販売　東京都）

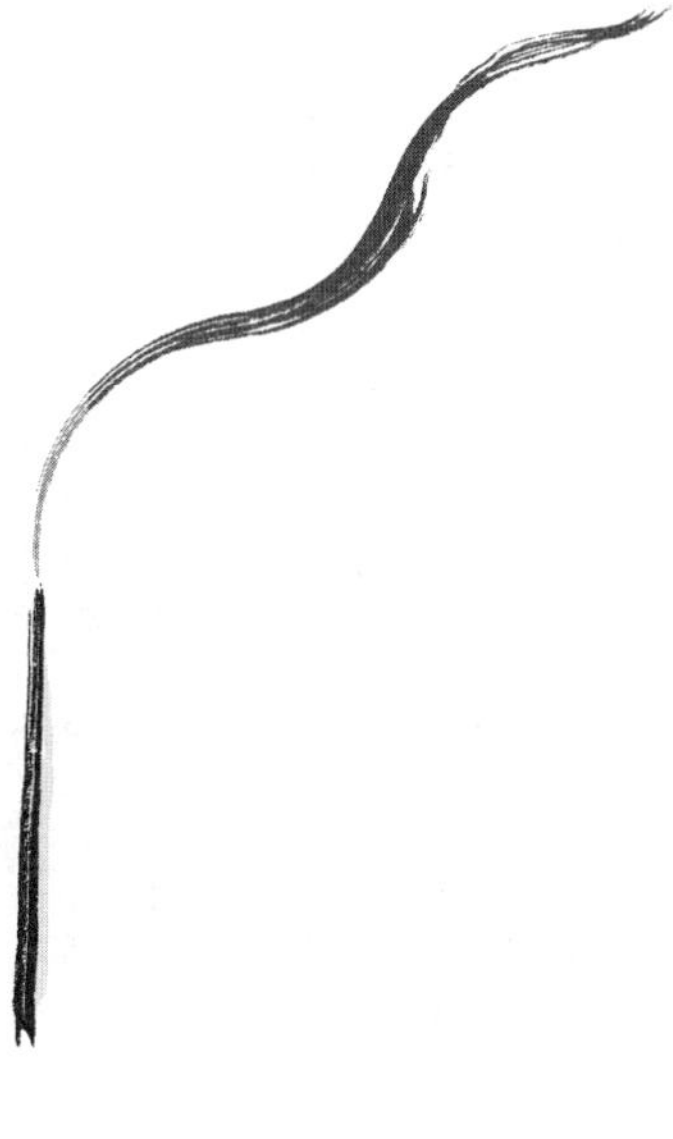

映画館にて

古野えいこ

冬のある日、娘に誘われて隣町の小さな映画館に行くことになった。あまり映画好きではないが、邦画の喜劇だけは別。久しぶりに大笑いしよう。乗りのいい客だといいねえ。独りがクスッと言ったら、一斉にギャハハハ。朝一番の回で真ん中のいい席に座らなきゃ。

そんなことを言いながら駐車場の空きがあるうちにと早々に到着するもガラガラ。チケットを購入後、二階の上映館の扉を開けると、何と中は真っ暗。階を間違えたと思い三階に行ってみたりするが、やはりポスターの貼ってある二階に間違いはない。そこへ慌てて係員が来て

「今から上映しますよ。暖房も入れますからどうぞ」と言う。

暗くて寒い場内に少し目が慣れてくると、お客はポツンと私達二人だけ。一度脱いだコートを着直し、マフラー、手袋をしたままで体をくっつけ合っても寒くてたまらない。いつまでたっても体の震えが止まらない。おもいっきり笑うつもりだったのに、広い場内に二人の笑い声が小さく響く。何の遠慮もなく笑える筈なのに妙に恥ずかしい。くっついた顔と顔。

その時、娘からほのかに匂う優しい香り。香水ではない。女らしい甘い香りだ。

ふと娘の小さい頃を思った。お転婆で自我が強く生傷の絶えない娘だった。独立心が強く、自己主張し、いつも振り回されてきた。

その娘も成人し、私を映画に誘ってくれる優しさをもつまでになった。こうして娘とぴったりくっついたのは何年ぶりだろう。そんな思い出に浸っていたら、不覚にも目がうるんできた。

画面では、主人公が飛び上がって喜んでいる。隣では娘が「クックックッ」と笑いをこらえている。

私は気づかれないようにそっと涙をふいた。笑いすぎて涙が溢れたことにしようと思った。

（51歳　主婦　埼玉県）

花泥棒

平林 妙子

春、丘への途路にある一軒家の、そう大きくない庭に、人が一人蹲《うずくま》る程の丈なのだが椿が白い花を咲かせる。夜半にこそ、白さを際立たせるようで、昼間は路傍の風景に溶け込んで特に私の視線を惹きつける事は無かった。

花の時分に、ああ、とその存在を認識するだけで、葉ばかり茂った植栽は単に緑木《みどりぎ》としての存在しかない。人の姿を見かけたのはただ一度。更夜。足元に無数の花が散っていた。

「幼木《おさなぎ》に花は負担になりますの」

ただでさえ生育の遅い椿は幼木の頃花をつけすぎると樹勢が衰えると聞いた事がある。

「普通は固いつぼみのうちに摘んでしまうのだけれど、それもなんだか哀れな気がして、私は開花を見てから摘み落としますの」

夜陰にまぎれて花を摘み散らす女。ほう、とそこだけが白かった。

その後、私はよその町に移り、椿のこともその人のことも忘れていた。

久々に実家に帰った、月が朧な春浅い夜半。就寝前犬にせがまれて散歩に出た。ふと数年前に一言二言言葉を交わした人のことを思い出し、その庭沿いに歩いてみた。かの人の丹精あってか、背をしのぐほどに大きくなった椿の木は、今を盛りに咲き誇っている。木全体が白く浮き上がっている。それにしても今年の花の多さはどうだ。下のほうの細い枝は花の重みで地面にまで撓んでいる。花摘み前なのだろうか。もう十分に木が育ったので存分に花を咲かせているのだろうか。

落ち椿の一つを手にして驚く。掌ほどもあろうかという意外な大きさと、冷たさと、落ちて尚の艶やかさに。さっと夜風が通らなければ、ずっと落ち椿を掌にささげ持ったまま呆けていたかもしれない。下の方の込み合ったあたりの枝を一つ、半開きのつぼみの一枝を選んでそっと摘んだ。

逃げ帰るようにして小さなひょうたん型の焼締めの壷に生けた。灯りの元に曝してみて再び驚いた。白椿だとばかり思っていたその花びらには絵の具を飛び散らせたように、鮮やかな赤い斑《ふ》が入っていたのだった。

「あら花泥棒。どこで?」

母がそれを見止めて言った。その家の人は一昨年若くして病に急逝したという。

白椿には香りが無いというのが定説だけれど、この椿にはほのかな香りがある。あるいはあの美しい人の残香なのかも知れない。

（陶芸　愛知県）

夢は夢のままでいい

鍵山 香子

オーストラリアのパースと大阪との時差は約一時間。とある海外ペンパルサイトで友達になった彼と不慣れな英語でチャットを始めてから、三ヶ月が過ぎようとしている。最初はメール。一週間に一度書くペースが段々短くなり、ついには毎日たわいもない日常の事について書きあうようになった。それだけでは物足りなくて、チャットで話すようになった私達。人間付き合いが下手で、人ごみが苦手で、雨が好きで、緑が好きで、海外の映画や音楽が好きで、変なユーモアのセンスを持っていて、不器用で、寂しがりやで……。日本人の中にさえなかなか見つけることが出来なかった親しみや共感を、私は彼の中に見つけてしまった。

三月の三十歳の誕生日に、家族からさえもお祝いのカードをもらえなかったという彼の話を聞いて、すぐに六ヶ月遅れの誕生日カードを送ってみた。ゆずの形をした文香と共に。届いてすぐに興奮気味のメールがやってきたのだが、素直じゃない彼の言葉はこんな風だった。

「君って本当に生意気な事をするね！」

でも私は、彼が満面の笑みを浮かべていることを知っている。そう、不思議だけれど、私達はいつもお互いの気持ちを感じることが出来ていた。

そんなある日の事、いつものように彼と話していると不意に彼が

「何だか今突然、君の手紙に入っていたレモンの香りがここまで漂ってきたよ」

と嬉しそうに言った。本当はゆずなんだけど、と思いつつ、何も言わず微笑んだ私。そしてそんな私の部屋にも、ゆずの文香はいつも優しい香りを漂わせていた。

私はただ、あまりにも寂しくて夢を見ているだけなのかもしれない。でも、ゆずの香りがほんのりこの部屋に香るとき、私は夢は夢のままでいい、と思えない自分がいることに気がついている。

（31歳　事務　大阪府）

カシュカシュ

萩原 優佳

卒業祝何にしよう？　やっぱりお菓子かな？　などと考えつつデパ地下を散策していると
「よかったらお味をお試しください」

紅茶売場の奥からエプロン姿の店員さんが現れ、銀のお盆を差し出した。

「さくらんぼのフレーバー・ティーです」

紙コップの中身は、ほんのり淡いピンク色。甘酸っぱくて爽やかな果実の香りが立ち上る。一口味わってみると、ちょっとピンボケしたテントウムシの写真みたいな優しい感覚が身体の中にストンと降りてきた。

これ、ちょっといいな。茶葉を詰めた小箱を手に取り、しばらく眺めてから元の場所に戻す。〝さくらんぼ〟みたいに清純派気取りで上手に生きてる子なの、彼女は？　違うじゃん！　そんな声が聞こえた気がしたのだ。

……妻子もちの男が残した一見小さな傷は、彼女の心身を深く蝕んだ。うつという硬い殻に閉じ籠る長く、暗い時間。だが彼女はそこから自力で這い出すことに成功した。完治してはいないかもしれないけれど、少なくとも卒論を書き終え、この秋、大学を卒業した。

木製の棚には、〝アールグレイ〟や〝ダージリン〟に混じって、様々な果物や花のフレーバー・ティーが置かれている。〝ピーチ〟〝マンゴー〟〝バラ〟や〝さくら〟。その中に〝カシュカシュ〟という名の紅茶があった。ウサギが飛び跳ねている絵柄のパッケージには、「かくれんぼという意味です」とメモが添えられている。〝カシュカシュ〟、なんだかいい名前。箱を手に取って眺めていると、店員さんが微笑んで言った。

「お試しになりますか？」

口に含むと、一人ぼっちで海辺にいるような、優しくて満ち足りていて、どこか切ない香りが広がる。それは、いかにも彼女にふさわしい香りだった。最後の一滴を飲み干した瞬間、私は思った。きっと彼女はかくれんぼしていたのだ。そして探しにくるはずの鬼を待つうちに、大人になってしまったのだと。


（22歳　会社員　東京都）

家族という〝ソフトなつながり〟が豊かに香るために

二十一世紀も五年目に入ると、二十世紀に後戻りできない現実が動いていました。

すっかり〝遠くなった〟昭和。あの頃「もはや戦後ではない」といわれた昭和三十年代も、映画『ALWAYS　三丁目の夕日』の公開とともに、その時代を知らない世代にさえ郷愁を感じさせました。藤本義一審査委員長は作品集『かおり風景』に「戦後から現在までの家族観」を論じるなかで、今も語り継がれる「昭和三十年代の家族像」は日本人全体にとって「思い出の家族像である」と書いています。

一方で、二十一世紀のこの頃の現実は、いよいよあらわになってきたＩＴ社会。社会のハード環境が急速に進化するなかで、畑正高実行委員長は「ハード環境が完璧でなくてもソフトレベルが高いと充分に説得力のある結果を生む」ことに着目しています。

この回の応募作品にも多かった「家族」というテーマ。

時代がどんなに変わっても、家族は「ソフトにつながる関係」であるべきではないか。それがいずれ豊かな香りになることを「昭和三十年代」に教えられた年でした。

2005

第21回［香・大賞］入賞作品

二〇〇五年募集・二〇〇六年発表

21

ペガサスに乗って

石原　郁代
59歳　会社員　香川県

洗面台に整髪料のスプレー缶やチューブ入りの洗顔料が並び始めたころ、息子の部屋には男臭い匂いがこもるようになった。

太くて硬い山荒らしのような髪にドライヤーをあて、ニキビを気にして洗顔もする。

「このジーンズにこのシャツ、合うん?」

しおらしく訊いてきたこともある。

身だしなみを気にするなんぞ、かつてはなかったことだ。

ははーん、さては息子にもサラブレッド以外に、心ときめく女性が現れたかと、密かに喜んだのもつかの間。

一九九六年、春の天皇賞の日。四月下旬だというのに、肌寒く冷え込んだ明け方だった。

息子は飲酒運転の暴走車に撥ね飛ばされ、配達前の新聞は道路一面に散乱した。散り果てた桜を追いかけて、誰よりもいち早く天空に翔け昇って行った。

あとには馬の絵が遺された。ジョッキーを背に乗せて空中を翔けている。色鉛筆で色付けされ、背に青地に白抜きの字で、1番フジキセキと読みとれる。

息子を忘れないでとの思いを込めて、この絵に息子の字で「風」の一字と名前を入れてテレホンカードを作り、皆に貰って頂いた。

息子はこの日のナリタブライアンの雄姿を観ることもなく、ペガサスの背に乗り緑の風になった。まるでテレカの図柄のように。

「ちょっくら旅に出てくらあ」

実にうれしそうに、コンビニにジュースやスポーツ紙を買いに行った日々。

「あといかほどで飯が食えるかな」

お腹をすかせて、自室から飄々と出てきた夕べ。陽気な笑顔だけを残していなくなった。

残り香に胸衝かれ、遺体のそばで辺り構わず泣きに泣いた日から、やっと九年が過ぎた。部屋の中から息子の匂いはすっかり消えたが、鼻腔が覚えている。タンスの引出しの下着に、二十歳の青年のヨーグルトのような匂いが残るはずだが、今はもう開けられない。

八年目のイブ

柴田 千鶴子
52歳 会社員 大阪府

八年前のイブ、私は地下鉄心斎橋駅ホームの雑沓の中にいた。階上のデパ地下から漂ってくる様々な食料品の匂いの入り混じった、生暖かい空気がフワッと私を優しく包み込んでくれた。その途端、張りつめていた緊張の糸が緩みふいに涙がこぼれそうになった。

二週間前、勤務先から東京で単身赴任中の夫の突然の失踪を告げられた。四方手をつくし探したが何の手掛りもつかめぬままに徒《いたずら》に日々が過ぎていった。そして追い討ちをかけるように発覚した夫の不正。解雇通告を受け急ぎ上京し、借上社宅の私物を整理しての帰路だった。慣れない東京で地図片手に諸手続きに奔走し、訳がわからないままに迷惑を掛けた関係各位に頭を下げて回った。二日間で私は精神的にも肉体的にも極限状態だった。家族の前から失踪という卑怯な方法でいなくなった夫に対する怒りと、真暗な荒海にいきなり放り出された様な不安を胸に帰阪した。新大阪で地下鉄に乗り替え、難波で下車するはずが、あの日何故一駅手前の心斎橋に降りたったのか、今でも思い起こすとが出来ない。でもきっと、疲れ果て傷ついた心身が、無意識のうちにあの懐しくて優しい匂いを求めたに違いない。

あれから八年。母子家庭の多くがそうである様に、決して平坦な道程ではなかった。これでもか、これでもかと荒波が次から次へと押し寄せ、イブどころか家族の顔から笑顔が消え去ってしまった時期もあった。でも今年のイブは違う。不自由な思いをさせた娘二人が嫁ぎ、私に初孫という宝物をプレゼントしてくれた。娘夫婦と初孫と私四人で、イブの食事を心斎橋でする約束だ。あの日傷心の私を包み込んでくれた匂いは、今年は幸せな私達を又優しく包みこんでくれる事だろう。心斎橋駅に降りたったら、胸一杯あの匂いを吸いこんで、今の幸せをかみしめたいと思う。

塩っぱい蜜柑

冨永 知奈美
42歳　主婦　山口県

気の早い初雪の日、蜜柑を食べた。お風呂で食べてみた。艶のある薄い皮に爪を立てた瞬間、お風呂中柑橘類の甘酸っぱい香りが立ち籠めた。突然胸がキュンとした。泪が湧き出た。あの日の母を思い出して……。故郷《ふるさと》から届いた段ボールの箱を開けると、大切に包《くる》まれた野菜たちとカタカナ混りの祖母の走り書き、そして輝く笑顔の蜜柑が顔を覗かせている。まるで電報のような祖母の淡々とした文面はいつも母の倖せを信じる祈りのようだった。何度も読み返すと母は紅潮した頰に胸に蜜柑を抱きかかえた。蜜柑と土と古新聞の匂いがゆっくりとした時を包んだ。

お風呂に入っていると母が後から入って来た。さっき夕食後「届いたばかりなのよ」と紹介され炬《こ》燵《たつ》の上に籠に盛られていた蜜柑も二つ一緒だった。

「お風呂の中で食べるみかんは特別おいしいのよ」

と母は私の手に蜜柑を乗せる。

「おばあちゃんとこうして二人で食べたんよ、みかん……」

躊躇している私に嬉しそうに言い母が蜜柑に爪を立てた。いい香りがした。嬉しくて私も皮をむいてみた。甘酸っぱい霧のシャワーの中その実を口に入れたら瀬戸内の明るい太陽の味がした。目を閉じると宛《さなが》ら穏やかな波に包まれているような気がした。

「……ううっ……」

突然の嗚咽に振り向くと、母が泣いていた。

「お母ちゃん……」

一つの湯舟に入っている母が遠く感じた。いつも笑顔でいっぱいの母が一人の「娘」になっていた。あの日の母の年齢を過ぎ同じ「女」として今色んな母の姿を思い出す。蜜柑を頬張ったまま泣いていた母との距離は愛情という想いとなって私の中にある。冷たい蜜柑が年を重ねた体を潤す。美味しい。冬の夜お風呂で食べる塩っぱい蜜柑は格別においしい。

江戸っ子の優しい嘘

田所真子
46歳　主婦　埼玉県

祖父に初めて会ったのは、私が三歳になったばかりの夏である。

祖父は東京の下町で温灸院を営んでいた。「薬師の灸」と記したキューピーの置看板がいらっしゃいませと手招きしている。赤い金太郎をつけたその後姿は、お尻丸出しで、背中に生えている羽が面白くて可愛い。私が背伸びすると、やっと同じ背丈。玄関を入ると、ぷーんと百草の匂いがした。

さて、祖父は、自分の総領息子が、幼い私を連れた母と世帯をもちたいことに反対した挙句

「おめぇらが一緒になろうがなるめぇが俺には関りねぇ。だがな、この子を泣かすようなこたぁしたら、許さねぇ」

そう言って、私を抱き上げ

「おい、かあさん。いや今日からは、ばあさんだ。ばあさん、出かけてくらぁ」

急に、ばあさんになった祖母は、慌てて火打ち石をカチン、カチン。祖父はステテコ姿のまま、私をギュッと抱き

「俺の孫だあ。いつから孫がいたかって、べらぼうめぇ、俺の可愛い孫なんだよ」

と町内をかけ回ったそうだ。

十七歳の夏、そんないきさつを、両親から聞いた。そうだったのかあ。そういえば、その時の祖父のシャツにしみついた百草の匂いと、回り灯籠のように商店街の灯りが目に映る光景をかすかに思い出した。

その夏も祖父と、ほおずき市に出かけた。祖父は赤い実を見つめながら

「家族ってえのはなあ、血のつながりだけじゃあない。愛情なんだよぅ」とぽつりと言った。その夜、祖父は満州にいた頃のことをたくさん話してくれた。それが祖父との最後の夏となった。

私は感謝している。江戸っ子気質の祖父の愛情いっぱいの優しい嘘で、私を素直にのびのびと育ててくれたことを。

モカの香り

秋月りょう
29歳　図書館職員　熊本県

珈琲の香りは日常においてごくありふれた香りだが、私にとっては残酷な香りである。夭折した夫が、日曜の遅い朝陽の中で立てていたモカの香りを思い出す。カーテンから差し込む陽が、昼に近い時刻を示していた。料理は一切出来なかった夫が、珈琲だけはドリップ式にこだわって自ら淹れた。今は私が、在りし日の夫を真似て淹れている。真剣な眼差しで熱湯を注ぎ、豆の泡立ち具合を確かめながらそれだけに熱中している夫を見て、幸福なあの時間の中、私は半ば呆れながら彼を見守っていた。夫の嘘みたいに真剣な眼差しが何だか滑稽にも思えて、週末に繰り返されるその行事を面白がって楽しんでいたのだ。その記憶とモカの香りは分かち難く結び付いている。

あれから一年。時間が過ぎるのは早いものだ。夫が死んだ原因を自分に求め、他人に求め、苦しみ抜いた一年だった。夫を忘れることはあり得ず、夫は常に私の一部である。

一人暮らしの限られた空間に、モカの香りがゆっくりと染み透っていく。私は今一人である。外には都会の喧騒があった。二人分の珈琲を淹れ、夫の珈琲にはミルクだけを入れた。椅子代わりのベッドに座りながら足を組み、珈琲をすすった。数年前に撮った夫婦二人の写真を眺める。写真の中で、私は後ろから夫に抱きつき、彼の頬っぺたを無遠慮に引っ張って笑っていた。されるがままの夫……。

心は静かだ。胸を抉《えぐ》る苦しみから目を逸らさず、その苦しみをじっと見据えてきた結果だった。ただ、深い哀しみが透き通った色合いの中に浮かんでいる。

ねぇ、と夫の名を呼んでみる。手元の珈琲は夫の淹れたモカと酷似して、苦味と酸味が入り混じった味がした。

「少しは上達したかしら?」

陽差しの中、立ち上るモカの香り越しに、満足げに目を細める夫の顔があった。

桜色

矢野 正也
29歳 ミニコミ紙記者 愛知県

ドドドドドッ。四〇〇ccのオートバイで旅に出る。近所のブックストアから他県の温泉宿まで、暇を見つけてはツーリングの日々。魅力はなにかって？ 一つに絞るのはむつかしい。あえていうなら、地球の変化が飽き性の僕にはちょうどいいってトコかな。

胸が弾む。時速一〇〇㎞のヘルメットの中は、いつだっていろんな香りに満ち満ちている。白い煙をもくもく上げるウナギ屋さんの前「腹減った。いい匂いだな！」。潮騒の響く海の町「今すぐ服を脱ぎ捨てて泳ぎたい！」。灰色の工業地帯なら「ガスっぽくてたまんねえや」と叫び散らすだろうし、一面の田園風景を突っ走れば、泥臭い空気に「ヤゴになった気分だな」ってクスリ。

地球は巨大な香り玉だ。どこへ行っても香りでいっぱい。必ずしも富良野のラベンダー畑みたいな甘い香りばかりじゃないけれど、僕は旅を愛するバイク乗りだもの、鼻がひん曲がるぐらいの臭いだってへっちゃらさ。それだって地球を彩るエレメント。変化に魅せられた旅人は「臭（にお）い」を「香い」と書く。これ、ホントにホントよ。

香りってのは、生きている証拠でもあるんだよね。思い出深いのは、日本三大桜のひとつ、岐阜県根尾谷の淡墨桜。樹齢一五〇〇余年という老桜は自力では支えきれず、たくさんの支柱でかろうじて樹勢を保っていた。にもかかわらず、春になれば、ちゃんと満開に咲く。「今が青春だいっ」。若々しい柔らかな香りをプンプンさせて、花見客の心をポッと桜色に染めるんだ。

幸せだな。バイクに出合わなかったら、きっとこんなに素晴らしい地球の息吹に気づきもしなかっただろう。気づいてからは、ますますバイクを好きになっちゃった。散歩も嬉しくってしょうがない。犬を連れて、ぶらぶらと近所をね。自転車もやってみたい。トレッキングもいいね。自然の香りを胸に吸い込んで、変化と遊ぶ、そんな日常を。

生糸の香り

吉田 茂子
61歳 主婦 埼玉県

母から「髪を切って欲しい」と電話があった。八十七歳の母は私の家から電車で二時間程離れた街に暮らしている。母の家に着くと、お茶もそこそこに早速母の後ろに坐って髪を梳かした。歳の割りに黒い髪を見て、母はまだ若いと嬉しく思った。その時、母の首があまりに細いのに気付き手が止まった。

母は父が戦病死した後、子供三人を育てる為、信州の製糸工場で働く固太りな女丈夫だった。私は、母の工場に一度だけ行った事がある。無数の白い繭が煮えたぎる釜。もうもうと立ち昇る蒸気で、顔も腕も桃色に染めた三十人程の女達の群れの中に母がいた。母は頭上で轟音を立てて回る木枠に、繭から糸を取っていた。糸が途中で切れたら給料が減る。必死の形相の母を見て声をかける事も出来なかった。油と青臭い繭の蒸気が、立ちすくんでいる私に襲いかかった。工場から帰った母には、その匂いがしなかった。出来立ての生糸の贅沢な香りがした。それは、母の大事にしている父の形見の背広のポケットに入っていた、ハンカチの懐かしい匂いと同じだった。

「どんな風でも良いから、短く切ってね」

「大丈夫、格好良くするから」

母の肩に手を置いて慎重に髪を切り揃える。母は気持が良いらしく眠り始めた。こうして母の背中を見ていると、まるで自分が背負われている様な気がしてくる。（お母さん、私、一度だけおんぶして欲しいと思った事があるよ）私は母を起こさぬよう心の中で呟いた。それは私が小学二年の冬、耳の手術を受けた直後の夜だった。頭を包帯で巻かれた私に母は、おんぶ紐を取り出した。工場で働く母の姿を見てから、母に甘える事が出来なくなっていた私は「いらない」と歩き出した。凍てつく夜空の星がめまいと共に地上に落ちてくるように見えた。私はおんぶの代わりにつないでくれた母の手にすがり付いた。その手にうっすらと生糸の香りがした。

「パーマ屋さんに行ってるみたいねえ」

目を覚ました母が突然華やいで言った。私の手の甲に落ちていく母の髪は、まるで絹の様に軽い。もう母から香ることのない生糸の香りが、私の胸に蘇っていた。

懐古

椿井 文子
67歳　主婦　滋賀県

四十数年前私の手元に来た茶杓は、今も袱紗で拭う時、長年焚き込められてきた香のかおりを微かに漂わせる。

あれは秋の名残りを近江坂本に求め、紅葉の濃淡に導かれるように路地から山手へと歩を進めていた時のこと。

ふいに、すぐ先の小さな寺の門が開いて、着流しに草履ばきの老人が出てきた。

白髪で痩軀、小柄な体を少し前にかがめて、ちょうど風に吹かれてでもいるかのような頼りなげな足運びの老人が、つと顔を上げて何か言い、続いて手招きをした。

辺りに人影がないから呼ばれたのは私か。

「ここらで一番美しい紅葉を見せてあげるからついてきなさい」

有無を言わせぬ強引な言葉の響きに、引き寄せられるようについて行くと、やがて老人は一本の燃えるように赤い紅葉の下に立ち止まり、

「この紅葉はこの時間に、この角度から眺めるのが一番美しい。私は毎年、今年こそは見納めかと、

心残りのないよう眺めておる」。

見知らぬ人から「見納め」などと言われて答えに窮した私は、咄嗟に「この風情は写真に撮るより絵筆に託したい」と言ったことから話が弾んだ。思いがけなくも老人は画家で、寺の書院をアトリエにして絵を描いていると言い、若き日の修業のこと、留学した時のこと、寺の壁画に精魂込めたこと、僧籍を得たことなど、途中からアトリエに席を移して、その生涯を振り返り懐古の情を示した。

そのあと一本の茶杓を出し「昭和に焼失した比叡山大講堂の焼け跡はあまりに無残であったから、燃え残った柱を少し譲り受けて、供養にと茶杓にしてみた。信長焼き討ちの後、復興されて以来三百有余年焚き続けた香のかおりが染み込んでおる。久し振りに心楽しい時を過ごした今日の思い出に差し上げよう」。

あれから四十年余りの歳月が流れたが、今も微かに香る茶杓を手にする度、夢かうつつでも手繰るようにあの秋の日を思い出す。

特別な日のための――

倉又恵子
49歳　ピアノ講師　福島県

父のお通夜――弔問客も引き、夜も更けた頃、母がカビのはえた木箱を持ってきた。布でゆっくり拭いてみると、年代もののレミーマルタンだった。

「いつ開けようかと思いながら今日になってしまった」ポツリと母が言った。

二十数年前、私がロンドンにいた折、父が会いに来てくれた時、帰りすがらフランスで買ったらしい。

「何か特別なことがあった時に開けよう」父がそう言いながら、子供達の結婚式、孫の誕生等、お祝いすることはいっぱいあったのに、とうとう今日になってしまった。考えてみたら、私、弟、妹三人と孫十一人が全員そろう事は、ほとんどなかった。

古びた木箱を、バールで私の夫がふたを開け、妹の夫がビンを取り出し、弟がグラスを用意した。コルクはすっかり古くなり腐りかけていたので、ビンの中に押し込めることにした。皆が、それに注目し、息を潜めていた。一番賑やかな親分のような父は、静かに横たわっていた。

プシュッ。「ワーッ!」とみんなが声をあげた。コルクが中に入り、みんなのグラスに注ぎ始めると同時に、まろやかな豊かで幸福になりそうな香りが漂った。一番初めに、コットンに湿らせて、父の口にふくませて、「乾杯」と言いながら、みんなの頰はぬれていた。特別だったので一番小さい小学三年のリサちゃんにも舐めさせたら、まずそうにふきだした。

父はどんな想いで、このお酒を買ったのだろうか。霧が深い三十年近く前の十一月、父はロンドンまで私を訪ねてくれた。その時のお土産を、父の最後の夜、みんなでやさしい空気といい香りを味わうことができた。ただ父だけが冷たかった。苦しみが多い晩年だったが、いい香りで父を送ることができた。

命をつなぎとめた香り

川田 恵理子
33歳 主婦 埼玉県

恐る恐る階段を上って行った。いくら症状に耐えられなく、医者にすがりたい気持ちで一杯でも、初めての〝心療内科〟というものは、未知の世界で怖かった。

果たして、見ず知らずの医者が、私の心の奥深くまで占拠してしまった、このどす黒い苦しみをわかってくれるのだろうか？ 最後の頼みとして残しておいた〝心療内科〟。ここがダメだったら、私はどうなっていくのだろう。心が不安に呑み込まれそうになるのを必死でこらえながら、私はとある病院のドアを開けた。

すると突然、優雅で優しく、小川のせせらぎを連想させる香りが、私の体と心を包み込むではないか。今までの不安が一気に消え去り、足元が軽くなっていくのを感じながら、私は受付へと向かった。これが、私とカサブランカの出会いだ。それ以来、私は、すっかりこの花の香りにほれ込んでしまった。

病状は、どんどん悪化していく。うつ病だ、一分一秒を刻む時計の針が動く度、死を考えるといった緊迫した状態だった。それにも関わらず、私は自分の部屋にカサブランカを飾り続けた。こまめに花屋へ足を運び、一日も欠かすことなくその花の香りを楽しんだのだ。今振り返ると、何ともちぐはぐな行動である。

しかし、あの気品ある香り、それなのにお高くとまらず、マシュマロのようにふわふわと心を包んでくれる香り、世のどんな矛盾も許してしまいたくなるような、そんな優しい気持ちにさせてくれる、透明感溢れるその香りは、心を閉ざした私の唯一の友だったのだ。

あれから、はや十年。今は病とは無縁になった私がいる。しかし、今でも苦境に陥った時には、必ず部屋をカサブランカの香りで一杯にする。すると、まるで心の故郷《ふるさと》に帰ってきたかの様な気分になり、過酷なうつ病を支え脱出させてくれたその香りに、またもや慰められ、新たな希望を手に再び歩き出すことができるのだ。

本の香り

永野茜
16歳　学生　京都府

私が好きな香りは古い本の香りです。この香りは小学生の頃から好きで、ページが茶色くなった本を見ると、香りをかがずにはいられない程です。古い本の、深くてこうばしい様な、懐かしい様な香りをかぐと、心が落ち着き、優しい気持ちになれるような気がします。

ただし、例外はありました。

私の十四歳の誕生日の時に、父が兄に譲った『広辞苑第二版』を譲り受けました。当時は使った形跡がなく、私が好きな香りはせずに、雛人形を思わせる、高級な和室（入ったことはないけれど）の様なにおいがしました。私はこのにおいでは落ち着かなく、私が好きな香りにしようと思い、殆ど毎日使うようにし、寝る時は枕元に置くようにしました。努力が実を結んだのか、数ヵ月後には私好みの香りに近づいていました。広辞苑との仲も深まり、出会った時につけていたカバーは、今では外されています。

本の香りは素直です。置かれている場所によって香りが変わります。祖母の家にある本は祖母の家のにおいがするし、図書館の本は図書館のにおいがします。本に書かれている文字が筆者の気持ちだとすれば、本の香りは読む人の気持ちや、その人の生活環境だと言えるでしょう。そして、長い間大切にされることにより、深くてその人好みの香りになります。

私はまだ、十五歳です。本にたとえるなら、買われて、読み始められた本でしょう。読み始められた本は、大抵どの様な本でも同じ香りです。でも、これから香りを吸収していくのです。私も、本の様な素直な人間になり、様々な香り（経験）を吸収し、自分らしい個性的な香り（人間）になり、最後には、自分自身で満足出来るような香りの本（人間）になりたいです。

ランドセルさんへ

畑 真里奈
8歳 学生 兵庫県

わたしは、小学校二年生。毎朝、ランドセルをしょってとう校します。国語、さん数、自由ちょう、ノート、れんらくちょう……。いっぱいいっぱいつめこんで行くので、鉄のかたまりのように重いです。

あんまり重い時は「よいしょ、こらしょ」と、つい言ってしまいます。学校まで、三十分も歩きます。だから、かたとか首とかが、めりめりといいたい。

（もう、こんな重いランドセル、いややわ）と何回も思いました。それでも、このランドセル。お母さんがえらんでくれた、赤ピンク色のランドセル。

新しい、ピッカピカのランドセルを、はこの中から出した時、ふわーんといい香りがしました。くつとか、かばんやさんの中の、あの香りです。（とどいた時は、いい香りやなあ）って、わくわくしていました。そう思ったら（重い重い、もういややわ）と思ったことが何か悪いみたいに感じました。

雨にぬらしたり、ランドセルおきばでこすってしまったり。ところどころ、小さなきずがいっぱいできてしまいました。でも、ランドセルはしゃべりません。「しんどい」「いたいよう」も言えません。

そうっとランドセルに、はなを近づけてみると、ちょっとびみょうな香り……。ノートやえんぴつ、ふでばこなどが入っているので、まぜまぜの香り。

もう、ピッカピカの新品の時のいい香りじゃないけれど、わたしのランドセルさん。

わたしが、六年生のそつぎょうする時になってもどうぞ元気でいてください。わたしはどんなに古くなっても、色がかわっても、新品の時のにおいでなくなっても、ずっとお友だち。

わたしがおばあちゃんになっても大切にします。

海のにおい

井上弘之

昭和二十七年、私は高校を出るとすぐ巡視船に乗り組んだ。海上保安官である。一途にこの道を歩んできたのだが、逃げ出したいと悩んだことも一度はあった。

鳥取県の境港《さかいみなと》に勤務しているときである。

二十年の永年勤続表彰を受けた名誉な年だったのに、身分上の不満が積もっていた。

さっぱりうだつが上がらないのだ。入ったときと変わらないポストのままだった。後からきた大学出がどんどん先を越して、年下の上役や上司が当たり前になってくる。

仕事が面白くない。だから船の生活がいやになる。やめたい。実力の世界でやりがいを感じたい。そんな思いが募ってきた。

ある日、「経営者募集」という、大阪のある中央紙販売店の新聞広告が目に留まった。「経営者」の字が頭の中で躍る。思い切って、こっそり採用試験を受けに出かけた。

経営者志望が何人か集まっていた。すでに書類で振るいにかけてあり、あとは作文判定だけだといって用紙が配られた。

そのとき、急に恐くなってきた。このまま合格してしまえば、築いてきた和やかな家庭をぶち壊してしまう。思いとどまるなら今だと、私は恥を捨て、後を見ずに逃げ出した。

列車が日本海側に出るとほっとし、浅はかな自分を情けなく思いながらすごすご我が家に帰り着いた。家内が笑顔を取り戻した。

次の日、私は娘の手を引き海岸へ散歩に出た。穏やかな潮風が心地よくほほをなでる。両手を広げ、思いっきり潮風を吸い込んだ。

「ほら、海のにおいがするだろう」

娘がまねて鼻を鳴らす。私は〈生涯、潮風に身をさらして生き抜こう〉と、改めて決心を固めたのであった。

あれからまた二十年、北海道から沖縄まで、日本中の海を駆け巡り、平成六年、ついに潮時を迎えた。潮っ気がすっかり抜け落ちた今は、後輩たちの華々しい活躍ぶりに声援を送りながら、郷愁に駆られている。

（72歳　無職　香川県）

父の紅茶

梅原ひとみ

私が高校生のころ、父の単身赴任が決まった。当人は転勤のための引き継ぎやら諸届けで手一杯のようだったので、衣類の箱詰めは母が、書斎の片付けは私が担当してあげることにした。頭を悩ます、ネイティブな発音の電話の取り次ぎも父の転居騒ぎと同時に増えてきた。外国人担当の部署にいる父は、結婚前は実はロシア語を勉強していたらしい。当時、ロシア船が時々近くの港に入港していた。ロシア語を話せる人は少ないということで、父は俺も若い頃は重宝がられたもんだとよく自慢していた。

父はロシアンティーが好きだ。紅茶に甘いジャムをいれるやつ。私はミルクティーが本当は好きだったが、父はなぜか私にジャム入りのやつを飲むよう強いる。高校生の私にとって、父に何かを強要されるのはまっぴらごめんだった。わざわざ、買ってきたばかりのジャムを見つけては、パンにたっぷりとぬりたくって瓶を空にすることで、父への反抗心を表していたつもりだった。

父の書斎には、年月を物語るほどの埃をかぶった洋書がたくさんあった。その中で、比較的新しいロシア語の辞書をみつけた。これなら私もお下がりで使わせてもらえるかな、と思いながらページを繰った。そこで、背表紙の裏のメッセージをみつけた。一語一語、辞書で調べた。わたしは、あなた、そして……。何とか調べ終え、お下がりでもらうことはやめた。その辞書は元の場所にそっと戻した。

しばらくして、私は父の前でジャム入り紅茶を飲むようになった。父は突然の娘の変化にちょっと驚いたが、父娘で同じ味を楽しめるようになってうれしそうだった。

「あなたは私ではなくて、ほかの人を愛さなければなりません」

あの背表紙の裏には、そう書いてあった。父には何も聞かなかった。それ以来、ロシアンティーを飲むと、紅茶の香ばしい香りと、ジャムの甘い香り、そしてほんの少しほろ苦い香りがするのだ。

（36歳　主婦　茨城県）

結婚の香り

井上 美春

夫の顔を見ると、コーヒーを入れるのが私の日課だ。「おいしい」という言葉が聞きたくて、どんなに忙しくても、いつも挽きたてのコーヒーを精魂込めて振る舞う。苦みのある独特の香りが部屋中に広がる。

コーヒーを飲むたびに思い出すことがある。七年前の喫茶店での場面だ。

結婚を申し込まれて、迷っていた。

だらしがない、飽きっぽい、家事も苦手……こんな私が、共同生活を送ることができるのか、あまりに無謀なことに思えた。当時、彼が住んでいた西宮の純喫茶のコーヒーの強い香りの中、ああでもない、こうでもないと二人で結婚生活について話し合った。

「掃除、苦手なんだ」というと「僕も苦手だよ」と彼。「料理も得意じゃないんだ」といえば「僕は好きだから任せてよ」。心配事を口にするたびに、安心させてくれた。三時間もするうちに「もしかして私でもできるかも」と思えてきた。「大丈夫！」という言葉に押されて結婚を決めた。それから今日の日まで、その決断を後悔したことがない。

結婚とは、長い合宿のようなものだと思う。それぞれができることを、共に暮らす人が心地良いように、自分も無理のないように、自然役割分担ができる。押しつけはないけれど、思いやりが必要だ。それさえ忘れなければ、お互いに気持ちよく暮らせる。

夫は、掃除はもちろん、洗濯まで「自分のことは自分でやる。僕は家政婦を雇ったわけではないのだから」といって、大抵手を出させない。「じゃあ、食事でも……」というと、大抵は「僕は料理が趣味だから」となる。することがない。困っていると「じゃあ、コーヒー、入れて。これはキミには敵わない」。任せて、と豆を挽くのがいつか日課となった。

コーヒーを飲むたびに、この結婚生活に感謝の思いが湧く。いつもありがとう。

（35歳　自営業　京都府）

海のとなりで

筒井さや佳

時々、私は学校をサボって海を見に行った。それは大きなものを見て自分を小さくしてしまえば何となく楽になれる、と思っていたからだ。そして、ある人に会う為でもあった。

波の音はとても耳障りがいい。「寄せては返していく」なんて、本当にピッタリのフレーズだな、と思った。潮の匂いも心を落ち着かせてくれる。この匂いを嫌がる人がいるが、私には理解できない。石鹸の匂いより好きなくらいだ。とても懐かしく感じる匂いである。

ぽかぽかと暖かい日差しも気持ちがいい。私が和んでいると、おじさんが近付いてきた。

「あれ、またサボり?」

おじさんはタバコを銜《くわ》えながらにんまりと笑った。おじさんは定期的に海岸のゴミ拾いをして回っている、一般市民である。

「はい、サボりでーす」

「相変わらず正直だな」

おじさんはアハハと大声で笑った。この屈託なく笑うところが少年みたいで、私はよくつられて笑ってしまう。この日も二人で笑いながら色んな話をした。海岸沿いのゴミは空き缶よりタバコの吸殻の方が多いとか、この辺りを散歩する犬はダックスフンドが多いとか。おじさんとの会話は本当にホッとできる。

「ねえ、おじさん」

「ん?」

「人生って何だろうね」

「いっきなり大きく出たなー」

おじさんはそう言ってから少し黙って、タバコの煙をフーッと吐いた。それが潮の匂いと混じって溶けた。

多分、とおじさんは小さく呟いて続けた。

「人生は考えるものじゃないんだ。なんていうか、こう……感じるものなんだよ」

おじさんは微笑んだ。波の音と潮の匂い。それから、タバコの匂い。私は涙が出そうになった。

(19歳　学生　北海道)

心のかよい合いから生まれるかおり

森本 真紀子

私の小学校生活が残り半年ほどになった頃に体育大会がありました。六年生になった当初からこの大会で行われる組立体操の準備を進めていました。「ザ・サザンクロス」を合い言葉に六年間にも及ぶ小学校生活の集大成となるように一生懸命努力してきました。

そして迎えた大会当日。その日は天候が今にも崩れそうな日でした。しかし午前の部はなんとか無事に終わりました。昼食も終え、緊張がどんどん高まっていました。ところが最後の組立体操が始まるという、まさにその瞬間突然に雨が降ってきたのです。時間が経つにつれ強まる雨。最終的な判断を下す校長先生が出した結論は「このまま続行する」というものでした。校長先生は私達六年生の集大成だけをやらないというのは可哀相だと判断したのでしょう。こうして後に引けなくなった私達は、出せる限りの力を出そうと決心しました。音楽がなり始め、観客全員が物音一つ立てなくなりました。一人技に始まり二人技、三人技と人を増やしながら曲にあわせて技を出していきました。曲が変わる度に移動を繰り返しました。雨でぬかるんだグランドの上で精一杯に技を出しました。そして組立体操も終わりに近づきました。最後の大技である、三十人から成るタワーをみんなが見守る中完成させていきました。毎年行われるこのタワーは失敗して怪我人が出ることも、珍しくありません。しかし今年は神様が味方してくれたのか大成功を収めました。そのみんなの心が一つになった瞬間、グランドから実に爽やかな達成感のあふれる汗のかおりがしたのです。

こうして私の心に残った汗のかおり。私はこの時初めて、心一つにする素晴らしさを知ったのです。人に気持ちいいように作られた人工物では決して味わえない唯一無二のかおり。それは、心のかよい合いから生まれるのです。

（14歳　学生　京都府）

二十一世紀と昭和、そのあい間で香る切なさ

境内電話やインターネットで人と人が繋がりやすくなればなるほど、そこに「切なさ」を感じたことはないでしょうか。

「見えないものに切なさを感じるのが香りである」という藤本義一審査委員長は、その代表作として藤原道綱母《ふじわらみちつなのはは》が綴った『蜻蛉日記《かげろうにっき》』を挙げ、昔から香りは「切なさの最も大きな表現の要素」（作品集『かおり風景』）と説いています。

さらにこの頃「切なさ」に反応しがちな社会背景に「格差社会」がいわれ出したことは見逃せないでしょう。

それは話題の小説『東京タワー』（リリー・フランキー著）で思い起こす昭和の気分と、注目のヒルズ族と呼ばれるIT長者の存在のギャップに通じるようでもありました。

少子高齢化社会、いじめ、離婚といった社会的関心事。書き手が直面したさまざまな問題に、香りが解決の道を開くとき「香・大賞」の役割を実感しました。

中田浩二審査委員は『かおり風景』に、シニアクラブの「ふぞろいのラインダンス」を披露。「その陶酔のなかにちょっぴり、過ぎ行く人生のせつなさを感じながら――」と。

2006

第22回〔香・大賞〕入賞作品

二〇〇六年募集・二〇〇七年発表

22

母

宗林 智子
37歳　主婦　東京都

子供嫌いの私は、三十七歳になった今年、思うところがあって子供をつくった。悪阻《つわり》のせいで、匂いや香りに敏感になった。まだ数ミリという小さな命に、嗜好も肉体も支配されているという不思議さに驚かされた。毎年、初夏になると、鼻を近づけていた黄色い草花の香りも、今年は不快なだけだった。お気に入りだった薔薇の香りのボディソープやパウダーは、しばしおあずけとなり、代わって無香料の石鹸がお風呂の友になった。妊娠五ヶ月目に入ると、悪阻はピタリとおさまり、匂いや香りに抵抗はなくなってきた。それは喜びであると同時に、神聖な赤ちゃんが俗っぽさに慣れてしまったようで残念な気もした。毎晩、むくみに良いと言われるツボを押してくれていた夫が或る時「ん？　赤ん坊の匂いがする」と言い出し、私の周辺をくんくんと嗅ぎ始めた。体のどこからなのか特定はできないが、確かに赤ん坊独特の乳臭い匂いがするのだという。夫曰く、乳房やお腹の辺りだというが、近づきすぎると全く匂わないのだ。外見の変化だけでなく、こんな風に少しずつ母親への準備が整っていくのは神秘的だった。八ヶ月目に入り、そろそろ入院準備品を揃えることにした。当面のベビー服は、友人からのお下がりで十分間に合うほど集まった。天気の良い日にそれらを洗濯した。大き過ぎるハンガーにまるで凧の様にピンと張り付いた小さな布は、何とも可愛らしく、一枚一枚丁寧にたたんでいると、嬉しさがこみ上げてくる。その夜、どこからともなく赤ん坊くささが漂ってきた。確かに私の体、そして洗濯したばかりのベビー服から出ている。あと二ヶ月で家族が一人増える待ち遠しさと、臍の緒でつながるという考えてみればとてもユニークな体験に、今更ながら名残惜しさも感じていた。言葉を交わせなくても、胎動や匂いで自分の存在を表す命に、むしろ私の方が癒されている。ゆっくりと幸福を味わう私に応えるように、お腹の赤ちゃんが強く蹴り返した。

「あっち」と「こっち」の匂い

木内華子
18歳　学生　奈良県

伸びをして、手荷物を持ち直してゲートを渡る。帰国の実感が喜びに変わっていく。そして、ゲートを抜けた先に広がる匂いが「こっち」に迎えてくれるのに顔がにやける。

この匂いをわかってくれる人はそうそういないだろう。小学生で希望だけを持って父の赴任で私は日本を離れた。フランスの空港を出た時、私は「あっち」に来てしまったのだと幼心に思った。当時の私は日本と外国の違いを「こっち」と「あっち」くらいでしか考えたことが無かった。あっちには日本とは違う香りがあった。甘ったるい香水のような香りがそこかしこに漂っていたのだ。街の匂いは、国によって違うのかもしれない。もちろん私のよく知っていた匂いはなかった。

希望だけ抱いていた外国生活は、言葉が通じない不便な辛い毎日。中学校、高校と大人になっていく過程で、心は常に日本を恋しがっていた。同時になんとか日本の香りを思い出そうとしたけれど、甘い香りが記憶にもやをかけてしまっていた。滞在期間が長くなる程もやは濃くなり、日本を思い出せなくなる自分が悲しくて仕方が無かった。

それでもあと一年で帰国というところまできた頃、早く帰国したいと嘆いてばかりでは駄目だと思い直した。「あっち」と幼い頃決め付けていたフランスが、その頃になると体に匂いも染み付いて「こっち」になっていたのだ。甘い香りも長年住めば馴染み、どんなに辛い毎日でも私がそこに住んでいることを肯定していた。それからというもの私は行ったことのない場所、見たことのない景色、甘い香りをまとった街を愛して、毎日を大切にしようと決めた。大人になった時「あっち」の香りを心で懐かしむことができるように。

そしてついに懐かしい「こっち」の匂いが私を包む。大人に近づいた自分が「こっち」と「あっち」の香りを知っていることに少し誇りを持ちながら、ゲートをくぐる。

香の部屋

黒衣 威人
24歳 無職 埼玉県

友達が逝った。真夜中に酔っ払って車で箱乗り。馬鹿みたいに陽気な笑い声を上げたまま、電柱に頭を木っ端微塵に吹っ飛ばされた。笑えない最期だった。

あいつの部屋は、いつ行ってもお香の煙と匂いで頭がクラクラした。俺がそう文句を言うと、あいつは新宿で大量に買った大麻柄のお香のパッケージを自慢げに振りながら「こいつのせいさ。焚くとブッ飛ぶんだぜ」と言ってニヤリと笑った。――馬鹿言うな。そんなモン、普通に売ってる訳ないだろ。焚き過ぎなんだよ、ただ単に。

中学の頃からそうだ。自分に貼られた「ワル」のレッテルが大好きで、悪いと言われる事は何でもやりたがる。髪を染めてピアスを開けて、酒を呑んで煙草を吸って。何でもない事で喧嘩して。その癖、人一倍友情に厚い。不良仲間の高校受験の結果が心配で、掲示板に発表を一緒に見に行って、一緒に泣いて、その日が自分の受験日だって完全に忘れてた。

お前は昔、あのお香臭い部屋で煙草を吸いながら、いじけたみたいにボヤいたな。

「うちのオカン、俺の事嫌いなんだよ。そりゃそうだよな。中卒でフラフラしてさ。絶対俺が死んでも泣かないぜ、あの女」

――馬鹿言うな。泣いてるじゃねぇか、お前のオカン。酷い顔だぞ。顔中溶けた化粧でぐちゃぐちゃだ。

おい、分かるか？　この式場な、通夜だってのに線香の匂いじゃねぇんだぞ。坊主のジジイが苦笑いする位に、お香臭ぇんだ。お前のオカン、お前の部屋にあったお香、全部ここで焚きやがった。参列した奴、みんなびっくりしてんだぜ。ほら、お前のオカンが非常識扱いされちまうから、いつもの調子で来た奴全員に説明してやれよ。

「焚くとブッ飛ぶんだぜ」

ってさ。

おいコラ。お前の部屋だぜ。みんな来てんだ。綺麗な顔で寝てんじゃねぇよ、馬鹿野郎。

米寿の身辺

楠本たけし
88歳　無職　北海道

古い木材で内装をした居酒屋は、中年の夫婦がこまめに動き、料理が美味《うま》い。十月下旬のある日、私は、いつもの奥の席で酒を楽しんでいた。三人連れの客が入り、続いて六十代に見える男が入口近くの席に腰を下ろした。この客は肩幅が広く眉が濃い。Tシャツに作業ズボンの、どこかで会った風《ふう》采《さい》なのだが、全く思い出せないのだ。

彼が立ち上がり、近寄ってきて、私の名を呼んだ。「吉沢くんだ」。四十年前の記憶が、はっきり戻ってきた。

U炭鉱で私は労務係、吉沢くんは坑内採炭夫で、近い将来の先山《さきやま》と衆目が認める働き手であった。彼の結婚に力を入れるほど、私の親近感は強かった。

雪解《ゆきげ》の早かった春に、坑内採炭現場で崩落事故が発生して、先山が殉職した。吉沢くんの衝撃は大きく、退職願いを提出してきた。周囲も私も、撤回を強く要請し説得したが、彼の意志は固く、炭鉱を去り、音信は絶えた。

横の椅子に腰を下ろしている吉沢くんに、尋ねたいことがいっぱいで、言葉に詰まる私は、彼の話を聞き入るばかりだった。

「建設会社や運送会社の雑役、ビルの掃除など、転職を重ねて、今は菓子会社の配送係です。汗を流す仕事が無くなって、ピックドリルで石炭を崩した労働を懐かしむばかりです。おやじさんの形見のズック袋に、手のひらに乗る大きさの塊炭《かいたん》を一箇、仕舞い込んでいるのですが、宝ものです」

彼は、亡くなった先山をおやじさん、と呼び、汗の匂いも消えたであろう背負い袋と、古代の香りと光りを放つ塊炭を、宝にする。

「わが家は近いんだ。寄っておくれ」

「明日の早番は休めません。また、この店でお会いしましょう。塊炭をお見せします」

注がれたり注いだりの酒は美味かった。

「米寿の外出は外聞がわるい」と息子は意見するが、居酒屋通いは止むまい。吉沢くんと握手して、日の残る外に出た。

オイル混じりの青春

田尾 常夫
24歳　機械製造業　広島県

ビィーーンという耳に付く音を発しながら、隣にスクーターが滑り込んできた。信号待ちをしていた僕の車の隣にキキッと止まると、開いていた車の窓からオイル交じりの排気ガスのにおいが車内に忍び込んでくる。真正面から照りつける朝日が、スクーターから吐き出される白煙を際立たせる。2サイクルエンジンだ……。

高校入学当初、女の子のたくさんいるバドミントン部に後ろ髪引かれつつも、車好きな僕は自動車部に入部した。50ccの2サイクルエンジンを手作りのフレームに搭載した車で、一年に一度開催されるレースに出場するのだ。

二年間の下積みを経て、自分達の自動車を完成させ、初めてエンジンをかけたときの心の高鳴りは忘れられない。エンジンを焼きつかせないように、オイルを多めに燃料に混合したので、排ガスの甘ったるい香りが服に染み付いてしまった。このオイルも面白い物で、メーカーによっては接着剤の香り、焼きたてのクッキーのような香りなど、変化に富んでいる。部員たちと排ガスの臭いでどこのメーカーのオイルであるかを予想するなどと、マニアックな話題で盛り上がる事もできた。

そんなこんなで仲間と共に完成させた車は決勝レースのスタート直前にシフトレバーが折れ、棄権。スタートしていく車を白煙と砂埃にまみれながら見送ることしかできなかった。そこに残ってくれたのは、あのオイルの香りだけだ。涙目を見られるのが恥ずかしくて、仮設トイレにしばらく隠れていたのをよく覚えている。思い起こしてみれば、自分にも青春と呼べるものがあったのだと嬉しくなる。喜びや悔しさ、高校生のときの感情はいつもあの香りと一緒だった。

そんなことを思い出しているうちに歩行者信号が赤に変わった。スタートはもうすぐだ。自然とハンドルを握る手に力が入る。シグナルがブルーに変わるやいなやアクセルを踏み込むと、軽快にスタートダッシュが決まった。大切な思い出の香りを振り切り、窓から吹き込む新たな風に一日の始まりを感じた。

着物

森崎 みさ緒
59歳　無職　大阪府

母が亡くなって、二十年が経過した。

入院して一年後、六十五歳の誕生日を待たずに母は息を引き取った。突然のことで家族全員疲れ果て、衣装ダンスや母の持ち物に手を付けることなく、二十年が過ぎ去った。父には妻の遺品を整理する気力などなく、二人目の子供が生まれたばかりの弟は家庭に没頭、私はひたすら仕事に追われた。

二十年間生前のまま、母の衣類は沈黙していた。

食べ物には分不相応なまでに金を掛けるが、衣も住も、教育投資も最小限。古典的な大阪人の質素な生活のことゆえ、母の衣類に見るべきものなどない。残されたチープなそれらを一瞥し、猫跨《ねこまた》ぎで私は放置した。

しかし、桐の箪笥に眠る着物だけは気になった。近所に住まう裕福な叔母に添うようにして、時折母も着物を誂《あつら》えた。もとより叔母のように高価なものは望めず、数も少ない。しかし大島だ綸子《りんず》だ留袖《とめそで》だのと、二人のあいだに行き交う隠語めいた言葉に、子供の私は、わずかな母の愉しみを嗅ぎ取った。

そうして、独り暮らしを続ける父も、昨今、八十歳をいくつか数えた。そこで私は一昨年、気になる母の着物を改めた。二十年の歳月は樟脳など駆逐していることだろう。着物の行方は哀れなものに違いない。思いながらそれぞれに畳紙《たとうがみ》をあけて見ると、意外に痛みは少ない。しかし大半は案の定、素人目にも安物だ。焦げ茶の大島もしょげて悲しく、現代柄の御召《おめし》も心なしか軽くて、厚みがない。

けれども、欲しかったものが見付かった。

色も褪《さ》めずに、地模様艶めく水色の綸子。浪人して合格した年、娘の大学の行事を見物しようと、母が着て来た着物だ。初夏の大川でのボート祭。ちょっとした外出時、母親が着物で出掛ける姿を眺める、私たちは最後の世代だ。眩しい川面に映えた水色。四十年前の大川の岸辺に立ったあのときが、おそらく母の人生の最も幸せだった時間に違いない。

その日私は、母の幸せの香りを譲り受けた。

いのちの香り

渡邊幹夫
56歳　心理職　千葉県

最先端企業のオーナーたちが多く住む都心の超高層マンションの一室があるテレビの番組で映し出された。大きな無機質の窓の向こうには人工的な夜景が広がり、インタビュアーは盛んに美しいと連呼していた。確かに漆黒《しっこく》の空の下に広がる眩いばかりの灯りの群れはすぐそこに拡がる現実の闇の世界から目を奪うにはうまくできており、その美しさは潜在意識の中にあるなにかザワザワとした不安を包み込んでしまうのにちょうど良い大きさになっている。室内の壁には洒落た絵画が飾られその下には大きなサイドボードが配置され、そこにはコレクターのセンスを感じさせる様々なボトルと品のいいクリスタルグラスが並んでいる。部屋の中央には黒皮のゴージャスな応接セットがドーンとありその下の床には分厚い絨毯が敷かれている。

僕は畳の上で横になり、腕枕をして網戸の向こうから早くも鳴きだした秋の虫達の合唱を耳にし、襖ごしの寝床の足元で焚いている蚊取り線香のかすかな煙を鼻腔の奥に感じながらボーっとテレビを眺めていた。生活感の全くない住まいは緊張感があって隙がない。炎の出ない電磁波で調理するキッチンでは煮魚のこぼれ汁の甘くこびり付いた匂いはしないと思うし、味噌汁の湯気から漂うあの大根の香りも多分しないと思う。梅雨時の黴臭さや生ごみから漂うあのすえた臭いも多分しないだろう。でも、こういう生活ってちょっと疲れないかなというのが正直な僕の感想だ。いのちはいのちから生まれいのちを食べ育ちいのちを終える。いのちは誕生から死に至る過程のなかで様々な香り、音、色彩を産み出し消えていく。僕はいのちが発する香りや音、色彩に囲まれ癒されながら毎日を生きている。窓から眺める音のしない美しい花火より、蚊と戦いながら庭先で火薬の匂いと炎の熱さを感じながらする線香花火の方を僕は選ぶ。

やさしい雨

上田ちなみ
19歳　学生　愛知県

一人暮らしを始めてしばらくの間、私は雨の日ばかりに出かけていた。雨の日はどこも人通りが普段より少なく、傘も私をすれ違う人の目から守ってくれる。

私は以前から、雨が降ると部屋の音を無くして雨音で部屋を満たすのが好きだった。心地よいリズムと、雨で世界が遮断されるような感覚。窓を開けると、歪んだ町並みと湿気をたっぷり含んだ雨の香りが入り込んでくる。閉塞感が開放感に変わっていく一瞬。そんなとき私は、まだ自分には外へ出て行く気持ちがあるのだなと感じ、ほっとした。

生まれて初めての土地。生まれて初めての孤独。一人暮らしをするようになって、自分だけがモノトーンであるような気さえしていた。そういう中で、私とは違う色をした都会の人々を見ることが、そしてこんな自分を見られることが苦しかった。

そうして本当に息苦しくなった頃。雨が降ることを予感させる生温かい匂いを感じると、どこか落ち着いた。それは、いずれ落ちる雨粒が、街を私と同じ色に染めてくれるからかもしれなかった。そしてそれはモノトーンの私に、他の人たちと同じように傘の色を塗ってくれるからかもしれなかった。

ようやく降り出した雨。アスファルトにしっとりと染みをつくっていく雨を見ていると、挨っぽい都会の空気がやわらかく湿っていく気がする。私にやさしい温度の空気になっていく。吸い込んだら雨と同じ温度になれるような、微かな錯覚。

私はこんな雨の香りこそが、私を落ち着かせ、また前を向いて歩いていけと励ましてくれるものだと思っている。鼻腔からすうっと入り込んで、静かな潤いを与えてくれる香りだ。

今も雨の香りがするたびに、私は思いきりそれを吸い込んでは身体中に雨を呼び込んでみる。雨の香りは晴れの日にも、見えない傘をそっと差しかけてくれる。私だけの色に塗りかえられていく傘を、気付かぬように。

紫苑《しおん》

本田いづみ
48歳　主婦　東京都

　秋になると近くの空地に、ひっそりと咲く「紫苑」の薄紫の花を見ると、十五年前娘が生まれた際の名付けのエピソードが、紫苑のほのかな香りと共に鮮明に浮かんできます。

　夫は、二〇〇三年に誕生した鉄腕アトムが、ロボットではなく、人間の心を持ち成長したことを、バイブルとしていた為、娘に「ウラン」と名付けようとしたのですが、周囲の猛反対に遭い私たち夫婦は、名付けの迷路に深く踏み込んでしまっていました。

　そんなとき、紫好きな夫が近くの空地から薄紫色の野菊のような花を摘んできて「この花は、秋になるとちょっとした空地があれば咲く、紫苑という中国原産の野草なんだ。この花の仄かな香りが、ふと秋を感じさせてくれる存在感が良いんだよ。これで進めよう、娘の名前は……」と言った夫の言葉に、私も少し興奮し、娘を抱き締めていました。

　早速、私は図書館で「紫苑」のことをいろいろと調べてみたところ「現在の日本にも自生しているが、古くは薬用として中国・朝鮮から持ち込まれたものが帰化したとされ、平安時代から観賞用に栽培されていた」ことが分かり、私は「紫苑」という野草の虜となっていました。それと同時に、なんの特徴もない香りの花の何処に、平安の文化人の心を動かす魅力があったのかという疑問も湧き、娘の名前どころではなくなったのも事実です。

仄かな香りの紫苑と名付けた娘も、中学三年生となり、女子だてらに硬式野球や競泳に熱中し、勉強も程々にスポーツに明け暮れている姿を目の当りにすると、ひっそり清楚に咲く紫苑かな?と思う反面、名前と香りの持つ中性的イメージも手伝い「しおん」と名付けて本当に良かったと思います。

紫苑の仄かな香りは、平安時代の文化の香りそのものであり、娘のしおんが、五感全てを使って理解することができれば、娘は、本物の紫苑の香りを手に入れることができると思うのは、親バカだからでしょうか。

平安の香り

本田しおん
15歳　学生　東京都

家族揃って買い物へ出掛けた際、空地に薄紫色の沢山の花をつけた、私の背の高さより少し低いぐらいの植物を、父が指さし「あの薄紫の花が、しおん、君の花だよ」と、教えてくれました。私は、その花にそっと鼻を近づけてみたところ、キンセンカやデイジーのようで、仏壇の菊の匂いを薄めたあまり印象に残らない感じの香りでした。私は、その花を「紫苑」と理解はしたものの、同時にその地味な色と香りが、私の名前の素となったのかと思うと、私にはその平凡さを一〇〇パーセント受け入れられず「どうして、私に？」という不満の方が、強く頭に浮かんでしまいました。そんな私の曇った表情を見て、父が「僕は、ふと秋を感じさせてくれる癒しの紫苑が、好きなんだよ。平安の文化人も、紫苑をこよなく愛し、自分の庭に植えたんだと」と、言ってくれましたが、私は「なんで、こんな地味な花の名前を、私に付けたんだよ」という文句が頭の中で渦を巻き、父の言葉など理解する余地などありませんでした。

私は、中学三年の受験生で、国語の問題集の古文の設問に、源氏物語の野分《のわき》の巻「紫苑ことごとに匂ふ空も香のかをりも……」とあり、仄《ほの》かな香りの現代の紫苑と、匂いたつ平安時代の紫苑とが、本当に同じ植物なのかという疑問と、紫式部がなぜ、この地味な紫苑と貴族の雅な生活とを、結びつけたのかが謎となり「シオン・コード」として、私の一生を懸けるべき課題となりました。

「ダ・ヴィンチ・コード」の中にも、五〇〇年前の聖杯伝説の謎を解く鍵として「シオン」という言葉が出てきますが、紫式部の「シオン」も、一〇〇〇年前の平安貴族の中での謎を、源氏物語として表現していると思われ、香りたつ平安の紫苑の秘密が、解明できるのではないかと思います。そして、私のしおんという名前も、平安時代の紫苑のように人を引き付ける魅力を持った香りを放つ人間になりたいと思いました。

リルケの手紙

和久井 武

リタイヤして三年になる。

現役時代の習性から抜け出せないものが、一つある。古書店めぐりである。古書店が放つあの一種独特の気の香がたまらないのだ。

地元鎌倉にも七軒の古書店がある。それだけでは気が済まず、週一回は東京に出て、神田神保町、本郷、早稲田の古書街をぶらつく。そうはいっても先立つものが限られている。古書店でこれはと思う本にでっくわしても二の足を踏み、結構手ぶらで帰る。意を決して翌日店に電話を入れる。そんなときに限って大概売れた後だ。リタイヤ組の宿命か。

それでもひょんなことから時たま掘り出しにぶち当る。

その日は東京に出る予定だった。しかし、生憎《あいにく》体調がすぐれなかったので東京行きを断念、布団の中で買い置きの本を読んでいた。ところが夕方になると、古書店めぐりの虫がうずいてきた。時間が時間だったので、地元鎌倉の行き付けの店を訪ねた。

店の入口の両脇には、小物の骨董や一冊一〇〇円の本が小奇麗に並べられてあった。店内に踏み込むと、正面の壁にまだ売れないのかいつもの増女《ぞうおんな》の能面が吊されていた。客は一人だった。客はママと刀の鍔《つば》の話をしていた。邪魔をしてはなんだからと、あまり覗いたことのない一名よろずの棚に目をやった。瞬間「リルケの手紙」武田昌一訳・芝書房販・一九三五年刊の背表紙が目に留った。高ぶる感情を押さえながら手に取った。初版、フランス装、しかも一頁たりとペーパーナイフが入っていない。値札を見た。安い。戦場における一番乗りの心境でポケットから金を出した。増女が気品ある面持ちで微笑んでいた。

いま「リルケの手紙」に一頁一頁目を運びながら愛おしむようにペーパーナイフを入れる。そのたびに七十年昔の気の香がリルケの英知と韻律のひびきに乗って、跳ねかえるように蘇る。

（70歳　無職　神奈川県）

稲穂の陰の母

多賀 多津子

日本中が敗戦の後遺症を引きずっていた頃、小学生であった私は母と交代で、よく田んぼの「夜水番」をした。当時は灌漑用の水路が狭かった事から、他家の田んぼの水口を塞ぐ文字通りの「我田引水」が横行していたからである。

母子家庭の我が家の田んぼは毎晩のように塞がれてしまうため、深夜まで畦道に座って見張りをしなければならなかったのだ。そうやって稲を守り、穫り入れの秋を迎えると、今度は地域で行われる「坪刈り」と呼ばれる我が家にとっては何とも切ない行事が待っているのであった。

坪刈りとは、各農家の一坪（三・三平方メートル）の稲を刈り取り、その収穫高を計量する制度で、年貢米の量を査定するために始まったものだという。当時は上納米の義務を負う小作農家や、農業共済金の受け取り額に大きな影響を与えるため、各農家にとっては最大の関心事であった。

査定員は地元の実力者が務め、彼らの胸ひとつで豊作にも不作にも判定されてしまうのが常で、我が家のような弱者は毎年理不尽な判定を受けるのが慣わしのようになっていた。

ある年、坪刈りが済み、人々が引き上げた田んぼの片隅で母は畦道にしゃがみ込み、稲穂の陰で肩を震わせて、いつまでも泣いていた。

私は声をかける事もできず、母が立ち上がるのを待っていると、土手の隅に隠れるように咲く薄紫の小さな野菊が目にとまった。それを数本手折り母に差し出すと、涙を拭いながら私の肩を抱くようにして受け取った母は

「寒いね、帰ろうか」

と小声で言って歩きはじめた。

家に戻ると、母はその野菊を仏壇へ供え、父の遺影に向かって何かを呟きながら、いつまでも合掌をしていた。

仏間に漂う野菊の清らかな芳しさが、線香の香りに似ている……そう思った瞬間でもあった。

（68歳　主婦　福岡県）

ふるさと線

斎藤　紅香

わたしのふるさとは、宮城県の海辺の小さな街です。目の前に広がる太平洋の波の音を聞き、潮の香に包まれて育ちました。

十八歳の春、進学のためふるさとを離れました。大船渡線《おおふなと》という支線の終点の一関駅《いちのせき》で東北本線に乗り換え、一直線に東京へ向かいました。

東京で三十年暮らす間に、どれほどこの鉄路を往復したことでしょう。初めはひとり旅でしたが、二十四歳で結婚してからは夫と二人連れとなりました。列車の旅は、日常の忙しさから解放され、ゆったりとすごすことができる幸せなひとときでした。

ふるさとにはいつも親たちが待っていて、そこでは全てを忘れてふりだしに戻るのです。太平洋の潮の香を存分に吸い、海鳴りの中に身をゆだね、ホッと安心し、これからまたがんばろうと心を奮いたたせたものです。

わたしのふるさと線に変化がおきたのは、いつごろでしたか、気仙沼線《けせんぬま》の全面開通に伴い乗換駅が一関駅でなく仙台駅になり、さらに東北新幹線を利用するようになりました。

時の流れの中で、ふるさとの親たちも老いて、それを思うとわびしさと切なさがこみあげ、あるとき列車の中でわたしは涙がこぼれて仕方がありませんでした。あれは、世の中には人の力の及ばないことがあることをつきつけられたときでもあり、親から自立したときでもあったのでしょう。

のちに、夫の転勤先の札幌へ居を移しました。親たちもとうに亡く、以来、ふるさとを往復することも少なくなりました。今のわたしは、記憶の中で時々ふるさと線に乗ります。そして、無人駅となった気仙沼線陸前階上駅《りくぜんはしかみ》に降り立ち、潮の香に満ち満ちた大気を大きく吸い、波の音に励まされるようにふるさとの家へと歩き出します。

育んでくれたふるさとに感謝しつつ……。

（61歳　主婦　北海道）

別れのとき

橋本　美代子

　まだ弟が一番だいじで、姉が一番可愛い子なのでしょうか。三人姉弟で育ちながらいつもそんな風に思っていました。五月のお節句には菖蒲湯をして、まず男の子の弟、それから姉、そして私と菖蒲を頭に巻きながら〝元気で大きくなりますようにと言いましたね。そんなとき……。三月の、桃の節句のときは、子供心に高そうな菱餅の形をした三段重と、朱色のきれいな丸い手まりの飾りを出すたびに、これは水戸にいたとき、お隣の奥様からMちゃん（姉）の初節句のお祝いに貰ったものだからと、毎年懐かしそうに言っていました。そんなとき……。いつも私の胸は張り裂けそうでした。今でも思い出すと涙がでます。七年前の初秋、あなたらしく誰の手も煩わせることなく静かに逝ってしまいました。その年はなぜか、幼い頃の私の思いを見透かされたかのようにいつも私の傍にいるあなたがいました。桜の花びらがお茶の中に舞ってきたのを〝きっといいことの前触れよ〟と手をたたいて喜んだあなた。その年の夏は、今までにないほどの暑い夏でした。八十六歳のあなたには、あの陽射は程を越えていたのでしょう。夏も終わりになる頃、食の細いあなたの体は悲鳴を上げました。珍しく入院をいやがったあなたを変に思いましたた。きっと予感がしたのでは、もう帰れないかもしれないと。夜中付き添った私が耳元で〝京都に行く約束したよね、よくなって行こうよね〟と言いました。意識のレベルが落ちていくのが痛いほどわかりました。でもあなたは涙を流しました。もう手も足も動かすことができないのに。私達をおんぶして歩いてくれた足を、ご飯を作ってくれた手をさすりました。さすりながら、泣きながら祈りました。ずっと気になっていた菖蒲の香りも、蛤のお吸いものの匂いも、もういいから……。別れは目の前でした。ふと母はとっておいてくれたのだ、今から寂しい刻を生きる私に、こんな熱い思いを……と。

（61歳　無職　大分県）

あったかい匂い

村山　恵美子

大学進学のため息子が家を去り、空き部屋となった息子の部屋をかたづけ始めると、大きな買い物袋に不要になった紙やノートが溢れんばかりに入れられていた。持ち上げた途端袋が破れ、ふと原稿用紙が目に入った。おそらく入試の作文の練習をしたものであろう、教師が赤ペンを入れてある。タイトルは『母の記憶』とある。私のこと？　ベッドに腰掛け文字に目を走らせた。

そこには幼いころの記憶が綴られていた。うちのお母さんはこういう人でといった、なにか褒めてくれる言葉でも見つけたい私は、意外なその内容に驚いた。

『小学校一年生ぐらいのとき、家族全員で出掛ける用事があった。私は見たいテレビがあるから行かないと家に残った。「本当に行かないの？」「だれもいなくなるんだよ？」何度も母に聞かれたが「いいんだ！」と意地を張った。見たいテレビはすぐ終わってしまい、一人だと何をしてみてもつまらなかった。日が暮れてどんどん寂しくなり、一緒に行けばよかったと後悔した。ガタン。玄関が開く音がして「ただいまー」息を切らせて母が笑顔で入ってきた。私は母に飛びついた。いつもと同じ母のあったかい匂いがした。母が帰ってきた。ただそれだけのことが、私は無性に嬉しかった』

読み終えて私は、あ然とした。十八歳のヒゲも生えた男が母親の作文を書こうと考えたら、真っ先に頭に浮かんだのがこれか……。

こんな日常の何気ない一コマが子どもの心には『嬉しかった記憶』として残り、そして匂いを感じたことまで覚えている。それも、あったかい匂いだったといっている。

私は仕事が忙しい忙しいと、子どもの前でも疲れた態度で愚痴を連発して、なんとかして時間を作ってどこかに連れて行かないと、子どもがかわいそう。そう思っていた。

そんなことではなかったんだ……。

（48歳　農業　北海道）

家族の別れ道で

小野千尋

「お父さんと、お母さんと、これからどっちと一緒に暮らしたい?」……

小学三年生の僕にとっては甚だ惨い質問だったのではないか、と今になっても思う。

古い公団住宅の六畳間。洋服箪笥二竿と白黒テレビと僕の勉強机とに囲まれて、おとな六人と僕とが正座をしていた。大阪から来た父の両親と北海道から呼び寄せた母の両親と。その日ひさしぶりに引っ張り出された卓袱《ちゃぶ》台が中央に置かれ、その上にはいつまでたっても減らない茶と菓子とが並んでいた。

両方の祖父母が顔を合わせることは僕たちにとっては初めてのことだった。何か不穏な空気に緊張する僕の背後で、まだ三歳の妹は菓子を頬張りながら、祖父母から与えられた玩具を広げてはしゃいでいた。

子供はやっぱり母親と一緒のほうが……とか、小さいうちなら違う土地にも馴染めるのでは……とか、僕を同席させておきながら僕には目もくれず、大人たちはみな沈んだ表情のままで語り合っていた。そうして結局、兄妹だけは離ればなれにしてはいけないという合意の上で、どちらの親について行くかは僕に決めさせるという結論に達したらしい。

「お父さんと、お母さんと、これからどっちと一緒に暮らしたい?」

初めて全員の目が僕に向けられた。

父との思い出、母との思い出、それにこれからの僕や妹の将来の姿が、頭の中を目まぐるしく駆け巡った。今までの家族の形を継続することはもう無理なのだということは子供心に理解はできるのだが、それぞれの行く先が僕の判断に委ねられているということが、とてつもない重さでのしかかっていた。

「お父さんに、……する」

父は無表情に宙を見上げ、母は号泣した。

あの時たしかに、普段より強い化粧の匂いが生身の母親を覆い隠していた。父からはいつもと同じように煙草の香りがしていて、それがなぜか安心できる親の証だった。

（47歳　デザイナー　千葉県）

秘薬

鈴木 みのり

野を焼いて
帰れば燈下　母やさし

高校時代、書道部だった私が臨書した、高浜虚子の句です。もう、二十年も前に出会ったこの句を、今も忘れられないのは、この句を詠んだ虚子の心と私の心に、重なり合い共感する、心に刻まれた人生の一場面があったからだと思うのです。

この句と出会う前までの私は、早くも人生の氷河期にいました。先天的進行性の心臓病だけでなく、染色体異常もあった私は、他と外見的に大きく劣り、格好のイジメの標的となっていました。小学校の半ばから中学まで、私は孤独でした。仲間外れ・無視・暴言暴力など、謂れ無きイジメの繰り返される学校生活は、地獄以外の何者でもありませんでした。

それでも私は、母や家族に一言もイジメられている事を告げられませんでした。五体満足に産んでやれなかった事への十字架を背負いながら、私を愛しんでくれる母達に、これ以上の心配をさせたくなかったからです。

でも、たかだか中学生位で、それほどの地獄を本当に一人で耐え抜ける訳がありません。そう、私の心には、地獄の責め苦も撥ね退け立ち向かっていける、秘薬が沁み込んでいたからこそ、この句に出会う薔薇色の高校時代に、生きて辿り着けたのです。

その秘薬は、私が生まれた時から注ぎ続けられたものでした。父の静かな愛。祖父母の穏やかな愛。姉の優しい愛。そして、母の温かな愛という秘薬です。でも。

イジメの真っ只中にいた十三歳の初秋の或る日。いつにも増して耐え切れぬ侮蔑を受けた私は、帰宅した勝手口にて夕餉の支度をする母の姿を見止めた瞬間、大声で泣き出してしまったのです。たった一度のパンクでした。

その時、何も聞かず何も言わずに、ただ抱きしめ傍に寄り添ってくれていた、母達の温もりが、また私の未来を与えてくれました。

今も、この句と共に、あの時母達に包まれていた温もりの香りが、私を生かしています。

（37歳　家事手伝い　静岡県）

サーターアンダギー

大城なつえ

ふるさとの　なまりなつかし
停車場の　人ごみの中に
そを聴きにゆく

石川啄木は故郷を離れ生活している思いをそう詠みました。故郷の訛りを聴くためだけに上野駅に行く啄木。今では携帯電話もインターネットもあるし、故郷どころか世界中どこでも近くにある感じがします。けれど音や映像では届けられないものもあります。例えば匂い。ふるさとの匂い。私にとってそれはサーターアンダギーを揚げる香りでした。

故郷の沖縄を離れ、東京での初めての一人暮らし。何よりも人の多さに辟易し、行きたい所へも人の波にさえぎられて辿り着けないという情けないこともありました。けれど時間が目まぐるしく過ぎ、だんだんと実家へ電話をする回数も減ってきて、人の多さにもビルの高さにも慣れ、気が付くと周りの人と同じスピードで歩いている私がいました。

ある日、いつものように早足で歩いていると、ふわっと懐かしい香りに足が止まりました。サーターアンダギーを揚げる甘い油の香りでした。香りを嗅いだだけでなんだか肩の力がすっと抜けたように感じました。

サーターアンダギー。沖縄の方言で「サーター」は砂糖、「アンダギー」は揚げ物のこと。小麦粉と砂糖、卵で生地を作り、それを丸めて油で揚げた沖縄風ドーナツです。揚げているうちに一箇所が割れてチューリップのような形になります。揚げたては外はカリっとサクサク、中はふっくらフワフワ。

なんだかじんわり涙が出てきました。いつの間にか私は揚げすぎたアンダギーみたいに硬くて苦い人になってしまっていたかもしれない。歩調を合わせるのに必死で周りの人も物も、自分の心さえもちゃんと見ずに突き進んでいたような気がしました。故郷の香りはニュートラルな自分を思い出させてくれたのです。中身はふんわり。忘れないようにしよう。サーターアンダギーが誰かが大口をあけて笑っている顔に見えてきました。

（31歳　主婦　沖縄県）

混じりあい

鷲田 清一
哲学者・京都市立芸術大学理事長兼学長
「香・大賞」審査委員

ニューヨークは酸化鉄の匂い、パリは黴《かび》の匂い、ローマは太陽の匂い、ウィーンは生理中の女の匂い、ベルリンは水の匂い、ロンドンは煤《すす》の匂い。

街が醸す匂いを、かつて彫刻家の飯田善国はこんなふうに表現した。なんと鋭い嗅ぎ分け、なんと微細な感受性だろう。記憶がさだかではないが、もう半世紀以上前の記述だとおもう。そしていまそれぞれの街を訪れて、おなじような感覚に浸されるかとおもうと、ちょっと不安になる。

飯田が世界のメガロポリスについて書いたことは、一昔前なら日本列島のいくつかの都市をとりあげて変奏することもできただろう。異郷の駅に降り立ったときにわたしたちの鼻を刺し、くすぐる匂い、それにはいってみれば面立ちのようなものがあった。その土地の。

街の匂いは、そこに住まい、そこで生きるひとたち、生きものたちが、いやおうもなく醸してしまう匂いである。その土地の空気を吸い、その土地の食べ物を体内に入れたあと、それらが体内を駆けめぐり、体液と攪拌《かくはん》され、入り交じって、吐く息や汗や涙、耳だれといった分泌物、あるいは糞尿のかたちで排出される。それらが服に沁み、物になすりつけられ、壁に染み込む。気がつけばそれらは、わたしたちの記憶の底に深く、深く淀んでいる。

現代の都市生活では、ひとは外気を遮断し、空調のフィルターを通した空気を呼吸している。温室で育った植物、全国的な、いやグローバルな流通システムによってどこから運ばれ、どこで加工されたのかもわからないものばかりを食している。はてさて、ここ「日本」の諸都市を訪れたひとたちは、飯田が感じ取ったような異郷の匂いにぐいと引き込まれるだろうか。むしろ〈都市〉の匂いをそこに再認するだけではないか。既視感（デジャ・ヴュ）になぞらえていえば、既嗅感である。

「嗅ぐ」ことをフランス語ではhumerという。人間的（humain　英語ではhuman）という語と語源が同じである。そしてその語源、humusは腐植土を意味する。ちなみに、同族語のhumorも体液を意味した。

ひとはその昔、もっともっと物の近くにいた。他の生きものと体をとおして交わっていた。その混じりあいを、匂いとして放っていた。

第27回『かおり風景』（二〇一二年発行）掲載

藤本 義一《ふじもと ぎいち》 作家

一九三三年大阪生まれ。大学在学中にラジオドラマや舞台の脚本を書き始め、一九六八年に作家デビュー。一九七四年、『鬼の詩』で上方落語家の芸の世界を描き第71回直木賞を受賞した。以後、文芸作品からエッセイ、社会評論まで数多くの著作を発表し、生涯出版した著書の数は二百冊以上。一九六五年から一九九〇年まで放送されたTV番組「11PM」では司会を務め、全国的に知られる。近世上方文学から現代の大阪のお笑いまで大阪の文化的風土をこよなく愛した作家である。二〇一二年逝去。

中田 浩二《なかだ こうじ》 ジャーナリスト

一九三八年東京都中央区日本橋生まれ。慶應義塾大学文学部国文科卒。読売新聞社に入社し、文化部記者、文化部次長を経て文化部長に。「文芸」時評を担当。現在ジャーナリストとして活躍中。「ホタルの里」(三田文学)で第57回直木賞候補。著書に『立原正秋の香気』(角川書店)、『自分を生き抜く流儀』『江戸は踊る!』(PHP研究所)など。

鷲田 清一《わしだ きよかず》 哲学者・京都市立芸術大学理事長兼学長

一九四九年京都生まれ。大阪大学総長、大谷大学教授を経て、二〇一五年京都市立芸術大学理事長兼学長に就任。二〇一三年よりせんだいメディアテーク館長。二〇〇四年に紫綬褒章受章。著書はサントリー学芸賞を受賞した『分散する理性』『モードの迷宮』から『「聴く」ことの力』(桑原武夫賞受賞)、『「ぐずぐず」の理由』(読売文学賞受賞)、近著の『しんがりの思想—反リーダーシップ論』(角川新書)まで多数。新聞や雑誌の連載も多く、朝日新聞の「折々のことば」は多方面で話題に。そのフィールドは机上に収まらず、諸々の現象が起こる現場に足を運び、様々な分野で活躍する人々との対話を重ねる「臨床哲学者」である。

香りエッセイ30年——
かおり風景 全3巻 ② 一九九八年〜二〇〇六年

二〇一六年四月五日 初版発行

監 修 香老舗 松栄堂
編 者 「香・大賞」実行委員会
発行者 納屋嘉人
発行所 株式会社 淡交社
本社 〒六〇三-八五八八 京都市北区堀川通鞍馬口上ル
営業 (〇七五) 四三二-五一五一
編集 (〇七五) 四三二-五一六一
支社 〒一六二-〇〇六一 東京都新宿区市谷柳町三九-一
営業 (〇三) 五二六九-七九四一
編集 (〇三) 五二六九-一六九一
http://www.tankosha.co.jp

印刷・製本 図書印刷株式会社

ISBN978-4-473-04086-2
定価はケースに表示してあります。
落丁・乱丁本がございましたら、小社「出版営業部」宛にお送りください。
送料小社負担にてお取り替えいたします。